Impressum:

© 2022 Claudia von Sternebeck

Herstellung und Verlag: BoD – Books on Demand, Norderstedt

ISBN: 9783756884759

Ganz lieben Dank an Pixabay für das Coverbild.

Für Marie

Doch was, wenn es nie darum ging,
Irgendetwas zu erreichen oder gar irgendwo anzukommen?
Was, wenn es nie darum ging,
Ob irgendetwas richtig ist oder falsch?
Was, wenn es nie darum ging,
Ob etwas funktioniert?

Was aber, wenn der einzig wahre Sinn
In allem und von Anfang an
Nur darin bestand
Voll und ganz im Moment zu sein und zu lieben?

Und froh zu sein über alle die Momente und Gelegenheiten, aus
welchen quasi nichts geworden ist?
Einzig nur damit neuer grenzenloser Raum entstünde
Für all die neuen ungeahnten Momente und Gelegenheiten,
Hinter welchen wiederum abermals neue und bislang unerhörte
Momente und Gelegenheiten mit brennendem Verlangen einzig
darauf warten, endlich von uns entdeckt zu werden...

Claudia von Sternebeck

Zurück auf Start

Prolog

Er sitzt auf seinem Lieblingsplatz, von wo aus er stets aufs Neue den Blick auf den Fluss und die wild wuchernde Natur bestaunt, welche sich gleich hinter dem mit Schilf gesäumten Ufer in unerschöpflicher Variation ergießt. Es ist still. Die anderen unterwegs. Zum Glück. Er liebt es, im Haus allein zu sein.

Weite, Stille, Tiefe umhüllen ihn ein wie ein wollener Lieblingsmantel im Winter es vermag. Weite, Stille, Tiefe, das sind die drei Dinge, welche er seit seiner Ankunft vor zwei Jahren vornehmlich gesucht, am allermeisten benötigt und genau hier in unbegrenzter An- und Vielzahl gefunden hat. Weite, Stille, Tiefe waren ihm Medizin gewesen nach all den wirren Zeiten. Er warf sie täglich mehrfach ein, um wieder ganz bei sich zu landen und den Neubeginn auf allen Ebenen ein weiteres Mal zu wagen. Genüsslich saugt er die frische, klare Luft ein, welche durch das geöffnete Fenster hereinströmt. So kühl und unverbraucht und von der satten Feuchtigkeit des Regens vollends gesättigt.

Dan heißt eigentlich Daniel. Aber Daniel war ihm doof. Immer schon gewesen. Er mochte seinen Namen einfach nicht. Hatte ihm noch nie wirklich etwas abgewinnen können. Daniel, so hießen all die nervigen rothaarigen Jungs in der Schule früher. Das waren die, die immer am lautesten lachten, stets zu spät kamen. Das waren auch die, der bei der Wattwanderung in der 8. Klasse mit den Gummistiefeln im Schlick stecken blieben und schlussendlich mit einem Helikopter und viel Trara gerettet werden mussten. Ein Daniel war auch der, der ständig irgendwie präsent war, ohne dabei besonders beliebt zu sein. War der, der sich, was die Mädels anging, schier unwiderstehlich fand, während eben diese hinter seinem Rücken umfangreich über ihn herzogen. Daniels gaben sich gerne den Vornamen *Jack* und fanden sich dabei gleichwohl unglaublich lustig wie auch wahnsinnig kreativ. Daniels waren der Schreck aller Lehrer und Schwiegermütter in spe gewesen und auch gegenwärtig, wenn ein neuer Kollege sich anschickte, das Team zu erweitern und diesen exquisiten Namen trägt, zuckt Dan in unheilvoller Erwartung zurück. Er selbst, dunkelhaarig, eigensinnig und tendenziell eher introvertiert, hatte sich nie in dieser Daniel-Version wiederfinden können. Auch heute nicht.

Seine Schwester Christin ist fest davon überzeugt, dass Dan sich vorsätzlich in das exakte Gegenteil aller Daniels dieser Welt entwickelt hat und dabei einen ebenso geheimen wie ausgeklügelten Plan verfolgt. In ihrer reichhaltigen Fantasie führt er seit Jahren ein umfangreiches Register, in welchem jede einzelne verhasste Daniel-Verhaltensweise verzeichnet und akribisch jede Geste, jedes Mienenspiel, jede Bewegung des Körpers, jede Ausdrucksweise und Betonung der Worte bis hin zur Wahl der Frisur, der favorisierten Jeansmarke, des Fußballclub und im Weiteren auch der politischen Ansichten sowie markanten Glaubenssätzen beigefügt ist. All das sammle er mit dem alleinigen Ziel, eine präzise Matrix zu skizzieren, von welcher er fortan nur noch das Gegenteil zu tun, zu denken, zu fühlen und zu sein gedachte. Das Daniel-Diät-Register eben.

Christin entwirft leidenschaftlich gern solcherlei Fantasien über die Leute; über ihre Schrullen und Marotten und wie sie diese wohl erworben haben könnten. Gemeinsam lachen sie dann darüber, wenn es um andere geht. Christins Mutmaßungen über ihn selbst allerdings winkte Dan meist als völlig absurd ab. Sie grinst dann immer frech wie vielsagend und fixiert ihn minutenlang mit ihrem unnachahmlichen Röntgenblick, welchen sie ansonsten vornehmlich in den Momenten hervorholt, wenn sie über und mit ihren Klienten spricht.

Als Mascha ihn damals konsequent und entschieden nach dem ersten Kuss einfach Dan nannte und alle anderen inklusive seiner selbst fortan auch nur noch Dan sagten, wenn sie ihn, Daniel, meinten - mal abgesehen von seinen Eltern - begann er gezielt und bewusst sein einzigartiges Profil herauszuarbeiten wie ein Bildhauer es aus einem Stück unbehauenem Stein Stück für Stück heraus zu meißeln versteht. Er wusste einfach, dass er ein anderer war, ein ganz besonderes Unikat. Und das im Grunde schon damals als kleiner Knirps in kurzen Hosen. Was und wer genau er aber war, das wusste er damals noch nicht, und doch war er sich bereits gewiss, genau dies eines Tages herauszufinden, ganz gleich, was es koste und wie lange es dauern würde.

Was er während der noch unvollendeten Forschungsarbeiten seiner selbst über die Jahre entdecke, gefiel ihm. Es passte zwar nie zum jeweiligen Mainstream, doch der war ihm eh egal. Es passte auch nicht zu dem, was seine Eltern von ihm erwarteten, oder später seine Freundinnen, seines Chefs oder die Gesellschaft im Allgemeinen. Doch es passte zu dieser eigensinnigen einzigartigen Fantasie über sich selbst, welche er stets mehr erfühlte als erdachte.

Er liebt es, in schöner Regelmäßigkeit neue Lebens- und Verhaltensweisen auszuprobieren wie andere ein Paar Schuhe. Wenn sie ihm dann gefallen, lächelt er beim Hinausgehen und verschwindet mit einem glücklichen „Danke, ich behalte sie gleich an", unmittelbar hinein in ein neues Kapitel Leben. Den Startschuss hierfür liefern ihm oft die Momente, in welchen sein Leben sich anschickt, vorwiegend aus rechtzeitig gezahlten

Steuern, dem Ein- bzw. Ausräumen der Geschirrspülmaschine, endlosen wie zermürbenden Beziehungsgesprächen oder einem Job, der ihn mehr langweilt denn erfüllt und inspiriert, zusammengesetzt zu sein. Früher hatte er diese Situationen regelrecht gehasst. Hatte sich hilflos, deprimiert und wie ein Versager gefühlt, der es einfach nicht auf die Reihe bekommt. Mittlerweile heißt er sie jedoch willkommen wie beste Freunde, weiß er doch mit Bestimmtheit, dass genau dann die allerbeste Zeit war, mal wieder etwas gänzlich Neues auszuprobieren.

So gleicht sein Leben einem nie endenden Match und die universelle Wahrheit von *Nach dem Spiel ist vor dem Spiel* bestätigt sich in Endlosschleife. Christin hatte ihn deswegen schon mehrmals ernsthaft besorgt ins Gebet genommen und gefragt, wann er denn jemals gedenke anzukommen. Darauf hatte er früher erst mit Verwunderung, dann mit Ärger und Abwehr, später dann mit einem wissenden Lächeln reagiert, ihr beruhigend die Hand auf die Schulter gelegt und erklärt: „Mach dir mal um mich keine Sorgen, Schwesterchen" und mit weit ausladender Geste *I do it my way* geträllert. Natürlich weiß er, dass in Christins Augen sein ganzes Leben einem einzigen Chaos gleicht, was unweigerlich – da ist sie sich sicher – früher oder später in einer ausgewachsenen Katastrophe enden wird. Ein Mensch wie Christin – da ist *er* sich sicher, würde bestenfalls lebenslang Beruhigungsmittel schlucken, schlimmstenfalls in Folge einer Selbsteinweisung sein Dasein in der Geschlossenen fristen, kopierte dieser Dans Lifestyle.

Christin, seine große Schwester, verließ mit 25 als Jahrgangsbeste die Uni, absolvierte zwei, drei angesagte therapeutische Zusatzqualifikationen und war bereits kurz nach der Eröffnung ihrer schicken Praxis in Berlin-Mitte ausgebucht. Dass Manuel sie schon ein Jahr nach dem ersten Date um ihre Hand bat und ihr dabei seine Vision von Haus am Stadtrand mit Garten, Pool und Carport, zwei glücklichen, spielenden Kindern, Grillabenden mit Freunden, Nachbarn und Schwiegereltern plus mindestens zwei Urlaubsreisen pro Jahr unterbreitete, passte perfekt in ihren Plan vom Leben. Manuel, der smarte Beamte aus Diplomatenkreisen machte dabei sowohl als Ehemann, Vater und Schwiegersohn im schwarz-weißen Zweireiher wie auch in Freizeithemd und kurzen Hosen eine stets tadellose Figur. Dabei war Christin alles andere als langweilig, allerdings zutiefst davon überzeugt, dass Leben eben nur solange funktioniert, wie es in klaren, verbindlichen Strukturen verläuft. Dan gönnt Christin ihre Erfolge von Herzen und ist zugleich gewiss, in solchen Verhältnissen früher oder später einzig und allein qualvoll ersticken zu müssen.

Mascha war damals gleich nach der Matura quasi über Nacht fort gewesen. Einfach abgehauen nach Berlin. Und da auch die anderen Freunde ganz unterschiedliche Wege und Lebensstile eingeschlagen hatten, war die einst so heißgeliebte Clique im Handumdrehen auseinandergebrochen. Nach fünf schweigsamen Jahren hatte Mascha ihm dann diese Postkarte geschickt mit einem Stück Berliner Mauer drauf. Ein Streetart-Künstler hatte sich an der Stelle mit *I miss you* und einem riesengroßen, roten Herz verewigt. Die Karte schmeckte so intensiv nach Sehnsucht und Wehmut, dass er noch am selben Tag gleich nach der Arbeit losgefahren war - damals noch über die Transitstrecke mit dem ernüchternden Ausblick auf Grenztürme und Niemandsland und der so eigentümlichen Pass- und Wagenkontrolle am Grenzübergang in die zweigeteilte Stadt. Als sie sich dann in Maschas neuem Lieblingscafé am Maybachufer trafen, mussten sie beide ernüchtert feststellen, dass die Zeit sie wohl verändert hatte. Mascha wirkte fahrig, rauchte viel und schaute ihn kaum an. Er selbst hatte sich hilflos gefühlt und noch weniger gesagt als sonst. Aller Glanz, aller Zauber ihrer einst so leidenschaftlichen Begegnung war einer ungewohnten Fremde und einer nie dagewesenen Sperrigkeit im Umgang miteinander gewichen. Nach zwei Stunden beiderseitigen vergeblichen Bemühens ein Gespräch zustande zu bringen, hatten sie schließlich aufgegeben unter dem Vorwand noch wichtige Termine zu haben. Er zahlte die Getränke, sie schaute ein letztes Mal in seine traurigen Augen, küsste ihn dann mehr flüchtig auf die Wange und war schnellen Schrittes die Straße hinuntergegangen ohne sich nochmals umzusehen. Und dabei war es bis heute geblieben. Mascha war fort. Einfach weg aus seinem Leben. Wie auch alle nervigen rothaarigen Daniels. Nur er, Dan, war geblieben.

Er steht kurz auf, um sich in der Küche noch einen Tee zu holen. Er lauscht in den Raum. Immer noch still. Gut so. Dann öffnet er seinen Laptop und fängt an, endlich die ganze Story zu lesen, die er vor genau zwei Jahren in die hinterste Ecke des Kellers verbannt hatte...

1. Aufbruch

Selbst Micha, der all meine verrückten Ideen, Entscheidungen und Wendungen, wie zum Beispiel der Entschluss, die Stadt zu verlassen und fortan im Wald zu wohnen, oder das gemeinsame Leben mit Julia zu beenden, stets mit größter Gelassenheit hingenommen hatte - ja, selbst Micha habe ich diesmal nichts von meinem Plan erzählt.
Denn sogar Micha würde diesmal bloß sagen „Du spinnst ja".
Und genau deshalb habe ich selbst meinem allerbesten Freund Micha diesmal nichts von meinen Plänen erzählt. Gar nichts.

Es ist noch früh am Morgen und ein klarer blauer Himmel mit buntgefärbten Blättern der Bäume vorm Haus in leuchtendem Rot und Gelb kündet einen neuen wundervollen Tag an.
Ich schaue mich noch ein letztes Mal um: die blaue Couch, die dunklen Dachbalken, der runde Tisch, das Licht, das durch die Dachfenster fällt, der Ofen und all die vielen großen und kleinen Dinge eines bunten Lebens. Und doch. Es muss sein. Heute. All das würde ich nun hinter mir lassen.
Denn genau heute ist der Tag.
Die Treppen rasch hinunter, die morgendlich Kühle umfängt mich und los, schon los, dorthin wo ich euch treffen werde.
Ich kenne eure Plätze. Habe euch beobachtet, erforscht, euch heimlich begleitet. Seit Jahren schon. Weiß alles, wirklich alles von euch. Jetzt endlich habe ich euch gefunden. Folge schon eine Weile eurem unverwechselbaren Ruf: „Der Sonne entgegen. Nach Süden!". Und folge stets dem Ruf. Und finde euch. Hoch oben schon und dreht und kreist und ruft in Scharen und ordnet euch neu und ewig aufs neu. Folgt alter unauslöschlicher Spur.
Das große Abenteuer wartet. Wie jedes Jahr. So kreist und ruft ihr schon seit Tagen. Heute soll, ja heute muss es sein. Der große

Ritt, die große Reise steht unmittelbar bevor. Der Tisch war reich gedeckt für euch den ganzen Sommer lang. Ein Fest der Fülle. Und doch spürt ihr die Zeit, die lockt und mahnt zugleich: „Los, los! Der Sonne entgegen! Nach Süden!" und Magie und Sehnsucht vereint. Nur den grausamen Drachen heißt es zu entkommen, welche in eisigen Höhen lauern, euch zu jagen und zu zerschmettern all jene, welche die Zeichen und Fallen nicht kennen. Die Große Prüfung nennt ihr sie und glücklich die, welche diese bestehen.

Dort mitten unter euch auf dem weiten Feld beginnt erst sacht, dann immer schneller, klarer, unverkennbarer die ganze Verwandlung. Meine Schultern spannen weit auf, der Körper streckt sich, wird lang und schmal, länger noch die Arme, dazu das Kribbeln der Haut und wie ein Flüstern, ein Rauschen, entsteht aus Millionen und Abermillionen Federn mein Kleid in Grau und Weiß und Schwarz, die Füße schon geschrumpft und ausgebreitet zugleich, zuletzt noch das Gesicht so schmal, mein Mund ganz lang und fest. Ein Atemzug noch und dann, von Wind umtost, mit einem Mal ganz leicht und mühelos die Schwingen ausgebreitet, verschwindet alle Erdenschwere und schon tauche ich ein in den weiten unbegrenzten Raum. So viele Jahre Angst und Zweifel vor diesem einen großen Moment. Und nun ganz leicht, so leicht ist's nun.

Und während wir drehen und kreisen, hörte ich mich plötzlich selber rufen „Der Sonne entgegen! Nach Süden...!".

Mit eben dieser Geschichte im Kopf war er an diesem denkwürdigen Tag im Herbst 2018 von einem seiner endlosen Streif- und Spaziergänge durch Wiesen und Felder zurück nach Haus gekommen und hatte sie sogleich niedergeschrieben. Als das letzte Wort geschrieben stand, war es mit einem Mal still um ihn. Still auf eigene ganz neue, nie vorher dagewesene Weise. Es war als hätte sich eine neue Tür geöffnet, die verheißungsvoll einen Spalt breit Ahnung gab auf sein neues, noch ungeborenes Leben.

In den Tagen, die folgten, schwebte er in einer Wolke aus Verzauberung. Die Geschichte seiner eigenen Verwandlung ließ ihn nicht mehr los. Er wusste nicht, was genau das alles nun zu bedeuten hatte. Wusste einzig, dass diese Verwandlung sich so wunderschön und unendlich frei angefühlt hatte. Und womöglich eine wichtige, vielleicht sogar existenzielle Botschaft für ihn bereithielt, eingehüllt in die Sprache all der Bilder, welche er zu entschlüsseln versuchte.

Zugvögel, vor allem die großen, majestätischen Kraniche, Wildgänse und Störche hatten es ihm seit jeher angetan. Tanzend bewegen sie sich durch den grenzenlosen Himmel, überwinden die höchsten der Höhen, die entferntesten aller Grenzen, alle Erdenschwere mühelos hinter sich lassend. Seit Jahrzehnten schon verfolgte er ihre Wiederkehr und ihren Abflug. Blieb fasziniert stehen, Kopf in den Nacken, zu Tränen gerührt, begrüßte und verabschiedete sie im Frühjahr und im Herbst wie alte Freunde, welche dort, wo er lebte, einen willkommenen Zwischenstopp auf ihrer großen Reise einlegten.

Als er diese seltsame Geschichte seiner Verwandlung damals aufschrieb, war er mal wieder an einem dieser Wendepunkte in seinem Leben angelangt, welche über die Jahre schon des Öfteren seine Wege markiert hatten. Seine Wendepunkte waren vor allem eins: radikal. Sie stellten nicht bloß mal eine Sache in Frage, wie etwa den gegenwärtigen Job, die aktuelle Partnerschaft oder den derzeitigen Wohnort. Nein. Seine Wendepunkte hatten die anspruchsvolle Angewohnheit, auf einen Schlag konsequent ALLES in Frage zu stellen. Alles, was er tat, was er fühlte, dachte, wen er liebte, an wen oder was er glaubte, was er aß, was er ein- beziehungsweise ausatmete, bis hin zum Stuhl auf welchem er gerade saß. In solchen Zeiten tobte in ihm ein regelrechtes Chaos, gepaart mit der unbändigen Sehnsucht nach dem noch völlig diffusen neuen. Gleichwohl gefesselt an die gegenwärtigen Umstände wie auch voller Sturm und Drang, eben diese augenblicklich hinter sich lassen zu wollen. Überflüssig zu erwähnen, dass ihm in solchen Phasen regelmäßig die Decke auf den Kopf fiel. Erst viele Wochen später begriff er, dass es kein Zufall war, als Tom, sein alter Nachbar, der generell wenig Worte machte, dafür aber umso präziser beobachtete und ihn nach rund vier Jahren so gut kannte wie seine eigene Westentasche, genau an einem solchen Chaos-Tag früh gegen sieben an Dans Tür klopfte. Die Thermoskanne in der einen, zwei Sandwichpakete in der anderen, die dicke gelbe Winterjacke über die Schultern geworfen und die Pudelmütze bis tief in die Stirn gezogen, hörte er ihn knapp wie bestimmt murmeln: „Zieh dir was über, wir fahren los".

Eigentlich halte ich mich naturgemäß eher für den Typ Befehlsverweigerer, zögere an diesem Morgen ausnahmsweise aber keine Sekunde, streife im nächsten Moment schon den Mantel über, klaube den langen bunten Schal vom Haken und folge Tom quasi willenlos hinterher in seinen alten Mercedes Kombi. Schweigend, nur dann und wann am heißen Kaffee nippend, fahren wir in den stillen Morgen hinein über endlos weite Landstraßen, vorbei an Feldern und Seen, Wäldern und noch tief schlummernden Dörfern. Allein der Radiosender dudelt leise vor sich hin mit Nachrichten vom Tag und Songs der 80er. Hin und wieder beäuge ich Tom neugierig von der Seite. Das eisgraue, widerspenstige Haar steht wie immer etwas vom Kopf ab, die buschigen Augenbrauen springen forsch aus dem Profil hervor, darunter die leuchtend blauen Augen, um welche sich über die Jahre unzählige Falten eingegraben haben. Sein Blick fixiert die Straße und ich meine, ein vergnügtes, kleines Grinsen in der ansonsten unergründlichen Miene erhaschen zu können.

Noch viel zu müde zum Sprechen genieße ich unser Schweigen. Tom ist einer der wenigen, mit denen Schweigen nicht dieser beklemmende Beigeschmack der Distanz und Heimlichtuerei anhaftet. Schweigen mit Tom, das ist vielmehr sicher, verbindend und zugleich unendlich wohltuend. So lehne ich mich einfach behaglich in den bequemen, alten Beifahrersitz und gebe mich ganz der Fahrt hin.

Tom war rund dreißig Jahre älter als Dan. „Ich könnte locker dein Vater sein", warf dieser dem jüngeren manchmal entgegen, wenn sie draußen auf dem See angeln waren oder im Schuppen vor sich hin werkelten, mehr im Spaß, denn mit Ernsthaftigkeit stritten und Tom die Argumente auszugehen drohten. Dan nickte dann stets gespielt einsichtig, wohl wissend, dass er sich immer genau so einen Vater gewünscht hatte: einer, der dir die Welt zeigt, dir den Rücken stärkt, wenn der Wind von vorne bläst. Einer, der dir hilft, deinen Platz in der Welt zu finden und dir den Kopf wäscht, wenn es mal nötig ist.

Dans leiblicher Vater war als Alleinverdiener und einer stets kränkelnden Ehefrau viel zu gestresst gewesen, um auch noch für solcherlei Dinge Zeit wie Kraft zu erübrigen. Gleichwohl hatte Dan diese besondere Art väterlicher Zuwendung als Kind und Jugendlicher schmerzlich vermisst. Heute dagegen schätze er sich glücklich, im Erwachsenenalter solche sehr besonderen Menschen wie eben Tom getroffen zu haben; Menschen, die ihm bereitwillig und mühelos das gaben, wonach er sich wahrlich sehnte.

In seine Gedanken verloren war Dan eingedöst und hob erst wieder den Kopf, als der Benz beim Anhalten kurz ruckte und Tom den Zündschlüssel abzog. Dan erblickte Dünen und die noch blasse, aufgehende Sonne hinter sich, schüttelte leicht verwirrt den Kopf, schaute zu Tom rüber, welcher ihm verheißungsvoll zunickte, die Sandwiches nahm, ausstieg und Dan bedeute, es ihm gleichzutun. Sie stapften den schmalen Sandweg hoch durch die Dünen und dann direkt hinunter zum Strand. Meer und Himmel waren so still und grau zugleich, dass sie am Horizont wie nahtlos ineinander zu verschmelzen schienen. Eine Gruppe Möwen hockte am Strand, die Schultern hochgezogen, die Schnäbel gemeinsam wie trutzig in den Wind gerichtet. In der Ferne zog ein Jogger seine Runden.

Wie so oft in diesen Tagen trage ich meine sich überschlagenden Gedanken spazieren: Wie, wo und mit wem soll mein Leben langfristig weitergehen? Die Affäre mit Jenny ist nahtlos in die Affäre mit Paula übergegangen und schickte sich gerade an, verbindlichere Formen anzunehmen. Die noch zarte Vertrautheit zwischen uns gefällt mir. Zudem haben wir - anstatt viel Streit wie mit Jenny - viel Spaß miteinander; und das nicht nur im Bett. Dennoch fehlt etwas.

Ja, ich mag Paula, gar keine Frage. Ihren Humor, ihr freies, großes Lachen, ihre klugen Gedanken, ihren sinnlichen Mund, überhaupt ihren ganzen so weiblichen Körper mit diesen Rundungen an genau den richtigen Stellen.

Doch mögen ist nicht lieben. Wie sich lieben anfühlt, dass weiß ich genau. Aus der Zeit mit Mascha. Wenn ich liebe, lebe ich pausenlos in diesem unbeschreiblichen Jubel, welcher mir wie Starkstrom durch Mark und Bein, durch Herz und Verstand geht und mich so vollkommen erfasst und durchdringt, wie nichts anderes es vermag. Alle Zellen vibrieren dann von Kopf bis Fuß vor wilder Lebendigkeit, vereint in einem niemals enden wollenden Tanz.

Ich liebe es, auf diese so verrückende, so schwindelerregende Art zu lieben. Habe unendliche Sehnsucht danach, endlich wieder einmal genauso zu fühlen.

Nein, Paula liebe ich nicht. Und Paula wird schon bald begreifen, dass es sich keineswegs um einen dummen Zufall handelt, wenn ich immer genau dann ihrem Blick ausweiche, sobald sie neben mir liegt, mich aus ihren verliebten Augen anschaut und sich wünscht, die berühmtesten drei Worte aller Liebenden dieser Welt aus meinem Mund zu hören.

Und dann wird es nicht mehr all zulange dauern und ich werde gehen, weil Paula zu viel will. Oder Paula. Weil's ihr mit mir einfach zu wenig ist.

Dans Beziehungskonto hatte in seiner Gesamtheit betrachtet bewegte Zeiten hinter sich. Mit längeren und kürzeren Episoden. Die meisten eher kürzer. Anfangs war er sich meist sicher gewesen, nun endlich seiner großen, einzig wahren Liebe begegnet zu sein. In der Überzahl blieb jedoch schon nach einigen Monaten nicht viel mehr als ein Berg aus Missverständnissen und Enttäuschungen übrig.

Als er nach seinen ersten sehr wilden, experimentellen Berliner Jahren die grundsolide, dezente, Sicherheit und Geborgenheit ausstrahlende Julia kennengelernt hatte, war sogar Christin ausnahmsweise einmal zufrieden gewesen mit seiner neuen Errungenschaft. Dan war ohne langes Nachdenken aus seiner Kiffer-WG schräg gegenüber vom SO36 mit nicht viel mehr als seinem Kulturbeutel und einer Plastiktüte voller Habseligkeiten ohne Umwege zu Julia in ihre geräumige Wohnung im Berlin-Charlottenburg mit gepflegtem Vorgarten und Balkon gezogen. Quasi über Nacht hatte sich Dan in ein Leben zu zweit mit geregelten Mahlzeiten, geregeltem Sex plus Bausparvertrag katapultiert und mutierte wenige Wochen später zu seiner eigenen Überraschung sogar zum engagierten Nestbauer.

Julia wollte unbedingt ein Kind. Am liebsten auf der Stelle. Und Dan gab sein Bestes.

An den Wochenenden hatten sie gemeinsam und mit vollem Elan Julias Altbauwohnung komplett umgestaltet, die alten, hausbackenen Möbel rausgeschmissen, Platz für Neues geschaffen, sämtliche Baumärkte der Stadt kennen und lieben gelernt und abends auf dem Sofa begeistert Pläne für die Balkonbegrünung und das zukünftige Kinderzimmer geschmiedet.

Im Überschwang seiner Gefühle machte er Julia eines Abends bei ihrer beider Lieblingsinder zu allem Überfluss sogar einen Heiratsantrag, welchen Julia verblüfft und unter Tränen dankbar annahm. Christin war selbstredend hocherfreut angesichts Dans phänomenalen Lebenswandels und erklärte sich umgehend bereit, sämtlich Vorkehrungen für die nahenden Hochzeitfeierlichkeiten zu übernehmen.

Und so seltsam es Dan manchmal auch schien: Er genoss diesen für ihn ganz ungewohnten Way of Life zutiefst.

Etwa zwei Jahre lang.

Dann begann ihn das Leben mit alleinigem Fokus auf Sicherheit und Stabilität zunehmend anzuöden und einzuengen. Gestritten hatte sie nie. Weil eine Julia prinzipiell nicht stritt, hatte Julia erklärt. Stattdessen hatte Dan sie mehr und mehr zu provozieren versucht mit allerlei Experimenten wie zum Beispiel dieses Seminar in Amsterdam mit den Magic Mushrooms beim selbsternannten Schamanen aus Peru - zu welchem er wirklich wollte und Julia nur unter stillem Protest mitgekommen war. Dann der schrillen No-Pants-Swingerparty mit fünf von ihm selbst handverlesenen Pärchen aus Lichterfelde West, welche Julia in ihrem Bunny-Kostüm von vorn bis hinten nur ganz, ganz furchtbar peinlich war, Dan dagegen noch heute Lachflashs par excellence bescherte. Oder aber der gemeinsame Besuch einer AFD-Wahlveranstaltung, welche Dan als traditioneller Links–, manchmal auch Grünwähler im Grunde nicht die Bohne interessierte; vielmehr aber freute er sich schon Tage vorher auf Julias Gesichtsentgleisung, wenn ihr *Hase*, wie sie ihn zärtlich nannte, dem Redebeitrag des Spitzenkandidaten frenetischen Beifall zollte.

Anfangs spielte Julia noch jede seiner Verrücktheiten mit. Seit dem No-Pants-Abend allerdings hatte sie sich jeden Tag ein Stückchen mehr in ihren Kokon aus Schweigen und nicht Reagieren zurückgezogen. Was ihn nur noch mehr anstachelte, sie umso vehementer aus ihrer Komfortzone herauszulocken. Doch Julia wollte sich nicht länger locken lassen. Je stiller und starrer sie wurde, desto wilder und unberechenbarer wurde er. An dem Tag, als er aus Wut über ihren so ausgeprägten Phlegmatikus fast mit dem Brotmesser auf sie losgegangen war, packte er seine sieben Sachen, warf den Türschlüssel mit stillem Gruß auf den Küchentisch und verließ die gemeinsame Wohnung. Für immer.

Erst in den kommenden Wochen, in welchen er bei Micha vorübergehend untergekommen war, bemerkte er, dass er zuletzt in Julias Beisein kaum noch geatmet, geschweige denn gelacht und noch viel weniger gelebt hatte. Christin konnte es natürlich gar nicht fassen: Ihr großer Traum von Dans idealem Leben sollte mir nichts dir nichts aus sein?!

Doch genauso war es. So überraschend, wie ihre Geschichte begonnen hatte, so war sie nun unwiederbringlich vorbei.

Er schrieb Julia noch per WhatsApp, es tue ihm sehr leid, es einfach nicht besser hinbekommen zu haben. Und das war die volle Wahrheit. Seltsamerweise empfand er diese Trennung wie sein ganz persönliches Scheitern.

Micha meinte dazu lediglich, Dan sei eh der geborene Einzelgänger. Weder in der Lage noch willens sich dauerhaft zu binden – ganz egal an wen - und die aus Michas Sicht zwingend notwendigen Kompromisse einer längerlebigen Partnerschaft einzugehen.

Doch Dan wusste, dass das so nicht stimmte. Ja, er wollte Nähe und Intimität, ohne aber gleichzeitig davon erstickt zu werden. Ja, er wollte Verbindung und Verbindlichkeit, ohne aber diese im Gegenzug gegen Freiheit einzutauschen. Ja, er wollte Vertrauen und Liebe, ohne aber sich dafür verbiegen zu müssen. Und ja, er wollte Leidenschaft und Sinnlichkeit, ohne aber sich dafür in ein Netz von Lügen und Heimlichkeiten zu verstricken.

„Da hängt der Hammer aber verdammt hoch bei dir", meinten die Freunde zu Dans Beziehungsvisionen. War das wirklich so? War er wirklich so ein anspruchsvoller Beziehungssnob? Und: gaben sich die anderen ernsthaft mit weniger als all dem zufrieden? Kaum zu glauben. Vielleicht aber wahr.

Ja, er sehnte sich nach Liebe, nach innigster Beziehung und danach, sein ganzes verrücktes Leben zu teilen. Er wusste lediglich nicht mit wem.

Manchmal sagte er sich, sein vielleicht glücklichster Zustand bestehe eh darin, nicht bloß einen einzigen Menschen, sondern vielmehr alle zu lieben. Und alles. Natürlich inklusive seiner selbst. Er kannte dieses Gefühl bereits und vor allem das Glück, die Zufriedenheit, die Erfüllung, welche sich in solchen Momenten des *Großen Liebens*, wie er es nannte, einstellte. Das waren die Sternstunden seines Lebens und er zehrte von ihnen, wenn ihm mal wieder alles und alle nur gehörig auf die Eier gingen. Wie er in diesen glückseligen Zustand gelangt war und je hingekommen war, das wusste er noch nicht. Doch eines Tages würde er auch das herausfinden und den Weg dorthin mit Goldstaub markieren, auf dass er ihn ewig wiederfinde. Selbst in finsterer Nacht.

Diese Sache mit dem *Großen Lieben* hatte er noch niemanden verraten. Niemanden außer Tom natürlich. Der hatte ihm nach seinem Geständnis einfach eine gefühlte Ewigkeit tief in die

Augen geschaut und ihn anschließend lange wie wortlos umarmt. Mit dem Wunsch des *Großen Liebens* kam er sich selbst oft ziemlich kindlich, unrealistisch und vor allem alles andere als männlich vor. Manchmal lachte er sogar selber darüber: alle und alles lieben! War er etwa ein verdammter Mönch? Sicherlich nicht! Vielleicht war es sogar seine allergrößte Sorge, mit solchen Träumen vor allem von Frauen vollkommen falsch verstanden zu werden. Vor einer allzu öffentlichen Preisgabe seiner innersten Sehnsucht hatte er darum bislang besser abgesehen.

Okay, Liebesbeziehung ist also gerade eher eine offene Baustelle, resümiere ich und spanne vorsorglich rot-weißes Flatterband drumherum.
Nächstes Thema: Job. „Ist soweit okay", höre ich ein quäkendes, ausdrucksloses Stimmchen flüstern. „Verdammt, wenn ich das schon okay sage, weiß ich haargenau, dass ich eigentlich *Scheiße* meine", schalte ich mich donnernd selbst. Also noch mal von vorn: mein aktueller Job ist Scheiße. Ums genau zu sagen: Scheiße geworden. Denn das war nicht immer so. Im Gegenteil.
Anfangs war ich, der geborene Freigeist, regelrecht fasziniert gewesen von diesem neuen Planeten, den ich da entdeckt hatte. Ein Planet, entsprungen aus dem Universum der Bürokratie mit seinem akribischen Regelwerk, seinen schier unerschöpflichen Formalismen, eingebettet in das pompöse Theater großer Gesten und unerhörter Wichtigtuerei. Zugleich entdeckte ich eben dort zu meiner großen Überraschung aber auch eine Fülle vordergründig oft unscheinbarer Gestaltungsmöglichkeiten, vor allem, was die direkte Arbeit mit meinen Klienten anging. Mein Chef, ein totaler NERD, mochte aus unerfindlichen Gründen meine doch eher unkonventionelle Art und gewährte mir daher den Freiraum, so zu arbeiten, wie ich es für richtig hielt. Zudem verdiente ich dort gut und weitaus besser als all die Jahre zuvor.

Als man mir jedoch vor vier Wochen die quasi lebenslange Vertragsverlängerung anbot, zuckte ich zurück wie die berühmte Hand vor der Herdplatte. Für einige Momente sah ich mich selbst nach weiteren zehn, zwanzig Jahren in genau diesem Büro sitzend, nun mit hängenden Schultern und ergrauten Schläfen, behäbig und unförmig geworden wie der dicke Lehmann, mein ältester Kollege, der sein ganzes Leben schon in der Anstalt - wie wir sie zärtlich nennen - verbracht hat und uns regelmäßig mit Vorträgen versorgt, zu welchem man sich getrost Popcorn plus ein Getränk seiner Wahl holen kann. Und das nicht etwa, weil sie so unterhaltsam sind, vielmehr aber ebenfalls jeweils rund neunzig Minuten dauern. Plus Werbung. Ich sah mich von meinem Bürostuhl aus dem Fenster schauen, reglos wahrnehmend, wie das echte wahre, wilde, pulsierende Leben draußen ohne mich und an mir vorbei braust. Tags drauf ging ich zu meiner Chefin und lehnte ich das Angebot freundlich aber bestimmt ab. Mein Vertrag wird somit in knapp sechs Monaten auslaufen. Und dann? Um ehrlich zu sein: ich habe keinen blassen Schimmer.

Her mit dem letzten Baustellenthema: Wohnen. Nach fast zwanzig Jahren Großstadt lebe ich nun in diesem kleinen Hundertfünfzig-Seelen-Dorf. Weit weg von all dem Getöse und Gebaren, dem Dreck und Gestank, dem ewigen Höher- Schneller- Weiter der ausgewachsenen Metropole. Zugegeben, anfangs hatte ich nicht genug von ihr bekommen können. Hatte mich wie ein Verdurstender mitten hinein ins wilde Getümmel gestürzt und das unerschöpfliche Überangebot der Verlockungen vollends genossen. Mit der Zeit war mir die Stadt jedoch zu einer billigen Hure geworden, die sich an jeder Straßenecke auf frivole Art anbiedert. Ihrer Reize müde geworden, ließ ich sie nun links liegen, traf stattdessen überraschend Walden auf der nächsten

Parkbank und spürte sogleich den unwiderstehlichen Drang, mit eben diesem geradewegs hinaus in die Wälder ziehen zu wollen, um ebenso wohlüberlegt wie intensiv zu leben, das Mark des Lebens derart in mich aufsaugend, dass auch ich nicht in der Todesstunde sagen müsste, gar nicht richtig gelebt zu haben.

Kurz später schon fand ich mich in einem 80qm-Dachboden-Loft wieder, streifte in meinen Wanderschuhen stundenlang durch brandenburgische Wälder und Wiesen, erlernte die Kunst, in einem brandenburgischen Dorf zu leben und bei minus 15 Grad und zugefrorenen Fensterscheiben in die Jahre gekommene Kohleöfen wieder in Gang zu bringen. An heißen Tagen dagegen erfreute ich mich am Genuss, nur zirka dreißig Schritte bis zu meinem See hinterm Haus zu laufen und dann und wann Freunde und Nachbarn zum Grillen einzuladen, um nicht als totaler Naturfreak und Eigenbrötler verschrien zu werden.

Als aufgeschlossener Wessi lauschte ich bisweilen neugierig den Geschichten aus der guten alten DDR, wo doch einiges gut, manches sogar besser, leider aber das meiste davon seit der Wende total den Bach runtergegangen sei.

Toms Wohnungsangebot in dem regionalen Kleinanzeiger hatte ich mehr im Vorübergehen entdeckt. Schon als ich das alte Bahnhofsgebäude aus rotem Backsteinklinker und wurmstichigen Fachwerkbalken in der Annonce erblickte, durchfuhr es mich wie ein plötzlicher Blitzschlag und mein Herz hatte bereits zugesagt, bevor ich überhaupt irgendetwas über all die Konditionen wusste, welche man im Normalfall so einholt, bevor man einen Mietvertrag unterschreibt. Allerdings war dies alles andere als ein Normalfall und ums Wohnen würde es eh nur peripher gehen. Doch davon ahnte ich zu dem Zeitpunkt noch rein gar nichts.

Tom präsentierte mir die Wohnung wie die Kirsche auf der Sahnetorte und als er mir wie beiläufig nach der Besichtigung flüsterte, ich könne auch noch den See hinterm Haus sehen, wenn ich denn wollte – und wie ich wollte! - spätestens da wusste ich, dass es vollends um mich geschehen war.

Nach unserer Runde um den See brachte ich, verzückt wie ein Mystiker im Moment seiner Erleuchtung, nur noch "Ab jetzt würde es mir schwerfallen nein zu sagen", heraus. Tom grinste zufrieden, lud mich sogleich zwecks Vertragsunterzeichnung zu sich ein und weil ich dort eh noch sein Haus - im 15. Jahrhundert aus Felssteinen der Region erschaffen - mitsamt Werkstatt und Bauerngarten bestaunen musste (und auch wollte), wurde daraus umgehend eine Einladung zum Abendessen mit angeregt verplaudertem Abend zum Dessert. Ich fühlte pures Glück als ich kurz vor Mitternacht die allerletzte Bahn zurück in die Stadt nahm und wusste, dass das, was ich da gerade angezettelt hatte, goldrichtig für mich war.

An diesem Abend wurde der Grundstein für weit mehr als nur ein angenehmes Mietverhältnis gelegt und als der Herbst ungestüm über die Stadt hereinbrach, zuckelte Dan mit Sack und Pack und voller Neugier nach Brandenburg - mitten hinein in seine neue noch gänzlich ungeahnte Zukunft.

Das Dorf bot eine Weile willkommenen Balsam für seine gestresste Großstadtseele und hielt einem durchaus abwechslungsreichen Abenteuermix aus paarungsbereiten Feuerwehrfrauen in Uniform, kontaktfreudigen Wölfen im Morgennebel und später im Jahr heißem Fliederbeeren-Saft im Schneegestöber sowie ausgedehnten Badewannen-Sessions im Kerzenschein bereit.

Neben Jenny und Paula genügte er sich weitestgehend selbst. Wirklich verliebt war er im Grunde lediglich in sein Dorf, spielte im Honeymoon zeitweilig sogar mit dem Gedanken, in der Nähe ein kleines Grundstück zu kaufen mit Häuschen drauf und selbst gezogenen Radieschen in den Beeten, ein gänzlich unspektakuläres Landleben genießend. Doch dieser Traum zerfloss ohne nennbare Resultate und damit endete seine Walden-Ära nach rund zwei Jahren schneller als geplant. Er wollte was anderes als das, was er hatte. Doch was das sein sollte, das wusste er nicht.

In Windeseile überfliege ich mögliche Alternativen zum Lieben, Arbeiten, Wohnen. Vielleicht sollte ich Tom mal ein paar Ideen präsentieren? Zumindest wäre er der Einzige, der mich darauf hin nicht wohlmeinend mit irgendwelchen Kalendersprüchen zutexten würde. Doch alles, was ich mir vorstellen oder sagen könnte, kommt mir schon nach kurzem Überdenken derart unbedeutend wie einfallslos vor, dass ich es vorziehe, besser meinen Mund zu halten.

Nach rund einer Stunde stillen Trabens nehmen wir Zuflucht in einer windgeschützten Ecke hinter einem Holzschuppen, in welchem im Sommer Strandkörbe und Sonnenschirme vermietet werden. Wir packen die Brote aus, gießen uns heißen Kaffee ein und schauen aufs Meer. Dann, als auch der letzte Bissen verschwunden ist, stellt Tom diese simple Frage, welche mein gesamtes weiteres Leben auf eine nie zuvor dagewesene Weise revolutionieren wird. Es ist die schwierigste und gleichwohl einfachste aller Fragen, welche in solch einer Situation nur gestellt werden kann: "Wenn jetzt alles möglich wäre, was würdest du dann eigentlich am allerliebsten tun?"

Und meine gänzlich unüberlegte Antwort darauf? Hier ist sie: "Ich will nur noch reisen und schreiben."

Zuerst lachen wir, ich noch lauter als Tom. Und meinen wohl, damit sei das Thema erledigt. Denn, mal ehrlich: nur reisen und schreiben - das ist ja total absurd. Darum vertiefen wir das Thema auch gar nicht erst weiter, laufen entschlossen bis zum äußersten westlichen Ende der Insel und nehmen dann beim Einsetzen der Dunkelheit die kleine Inselbahn zurück zum Parkplatz, um die Rückfahrt im Benz mit den zwei allerbesten Fischbrötchen der Welt im Schlepptau anzutreten.

Auf dem Rückweg ist meine Stimmung wie ausgewechselt. Ich fühle mich so unendlich federleicht und wie grundlos vergnügt. Seltsam, war es die frische Luft gewesen? Mein schallendes Gelächter? Toms wohltuende Gesellschaft? Oder einfach die beflügelnde Wirkung eines ordinären Butterbrotes?

Den ganzen langen Weg zurück jedenfalls machen wir unsere üblichen Scherze über alles, was nicht bei drei auf den Bäumen ist und grölen jeden Song aus dem Radio voller Inbrunst mit. Erst später, als ich glücklich im Bett liege, erinnere ich mich an meinen ausgesprochenen Wunsch: reisen und schreiben. Und beginne zaghaft - wenngleich all das ja weiter hin total unrealistisch ist - darüber nachzusinnen, wie es wohl wäre, wirklich einfach loszuziehen mit einem riesengroßen Reiserucksack, dem Laptop, einer angenehm bestückten Kreditkarte, gleichsam alles hinter mir lassend, was bis dahin wie selbstverständlich zu meinem Leben gehört hatte: Freunde, Kollegen, Familie, Arbeit und Wohnung - mein Dorf, nicht zu vergessen - und all die Gepflogenheiten, welche die Bestandteile meines Lebens bis hierhin miteinander verwoben haben. Vorher noch ein paar Habseligkeiten irgendwo bei Freunden unterstellen. Nur für den Fall, dass man doch eines Tages zurückkommen sollte und wieder einen Wintermantel benötigt. Und dann einfach alle Leinen kappen, Segel hissen und ablegen.

Bei dieser Vorstellung fängt plötzlich mein ganzer Körper an zu kribbeln und zu vibrieren und ich nehme mein eigenes Gesicht wie ein einziges riesengroßes Lächeln wahr. Was für ein sagenhaft schöner Traum…

In dieser Nacht schlief er das erste Mal ist langem wieder einmal tief und fest und erwachte am nächsten Morgen so ausgeruht und erfrischt wie ein Baby. Äußerlich betrachtet setzte er zwar seine gewohnten Tagesroutinen fort - um kurz nach fünf aufstehen, Kaffee kochen, eben noch auf einen Sprung in den See hinterm Haus, dann mit der Bahn in das Getöse der Stadt und die üblichen acht Stunden im Büro mit all den Menschen, die seine Unterstützung bedurften. Anschließend gerade noch so viel Stadt aufschnappen wie es ihm beliebte und guttat und dann nix wie zurück in die Stille und Sanftheit der Natur.

Erst einige Tage später nahm er erstaunt wahr, dass sich etwas Grundlegendes in ihm selbst verändert hatte. Ihm war, als sei ein innerer Schalter umgelegt worden seit dem frühmorgendlichen Spontan-Ausflug mit Tom. Hatte er einfach nur mal rausgemusst? Meer und Weite spüren?

Neu war allerdings, dass ihn dieser absurde Wunsch reisen und schreiben, diese drei kleinen unschuldigen Worte, seitdem verfolgte. So nahm er die drei Worte mit, wohin auch immer er ging, was auch immer er tat.

Reisen und schreiben wuchsen enorm schnell heran und nahmen schon bald das vehemente, starrköpfige Eigenleben entschlossener 4-jähriger an, die ganz genau wussten, was sie wollten und nicht aufgeben würden, bis sie exakt das erreicht hatten, was ihnen vorschwebte. Im Zweifelsfall würden sie sich einfach rücklings auf den Fußboden werfen und solange mit den Füßen trampeln und lauthals schreien, bis sie endlich bekamen, was sie begehrten. Voll motiviert bemühte sich der nüchterne Realist in Dan anfangs noch, mit allerlei vernünftigen Einwänden, Überredungs- und Ablenkungsversuchen, reisen und schreiben zur Räson zu bringen. Versuchte es — nur recht kurzfristig allerdings, da vollkommen erfolglos - auch mit Nichtbeachten. Ergab sich letztlich aber wie jeder weichgekochte Elternteil spätestens an der Supermarktkasse direkt neben der Eis-Truhe vollends kampf- wie chancenlos, während reisen und schreiben in Siegerpose, je einen Fuß auf Dans Brust gestellt, ihren klaren Triumph feierten.

Seit dieser bedingungslosen Kapitulation erfasste Dan nun stets unbändige Freude und diese unglaublich prickelnde Lebendigkeit wie eine warme Woge, wann immer er es nur dachte: reisen und schreiben. Im Nu tauchte er tief ein in Bilder und Geschichten vom Reisen. So erträumte er sich selbst als Bohemien, dem 19. Jahrhundert entsprungen, welcher, eines Morgens vom ersten Schrei des Muezzins geweckt, sich rasch etwas Wasser ins Gesicht spritzt und dann seine ersten Schritte hinaus in die Gassen dieser noch gänzlich unbekannten Stadt im Fernen Osten lenkt. Der über Märkte streift, die Auslagen bewundert, all die fremden Sitten und Gebräuche in sich einsaugend. Später dann im Schatten der Bäume einen Mokka trinkt und den Klängen dieser fremden Sprache lauscht, deren Worte er zwar nicht kennt und doch mittels ihrer kehligen wie temperamentvollen und bestimmten Laute ganz genau versteht, wovon sie erzählen. Und wie er im Weiteren schreibend und forschend den gesamten Globus bereist, beseelt vom Wunsch, alle Weltwunder mit seinen eigenen Augen zu bestaunen und überdies die noch unbemerkten hernach allesamt selber zu entdecken.

Er sieht sich selbst all das tun, was er schon immer einmal zu gern machen wollte: mit den Bauern Oliven ernten und als Erster das köstliche jungfräuliche Öl gleich nach der Pressung kosten. In der Sonne des Südens Orangen ganz frisch vom Baum pflücken, dabei den betörenden Duft der Blüten einatmend. Eine ganze turbulente Weinlese in einem spanischen Dorf miterleben und mit den Winzern trunken sein vor Lebensfreude. Auf einer Teeplantage in Indien oder Sri Lanka in die zarten, ersten und zweiten Blattspitzen pflücken und nach der Fermentation eine Tasse selbst gepflückten Tees genießen. In einem Kanu den Amazonas hinunter paddeln und eintauchen in die unendlichen Wunder des Regenwalds. Zeitung lesend im Toten Meer liegen.

Auf Kuba zu Livemusik in den Straßen Salsa tanzen. Das Girl from Ipanema dazu bringen, doch mal zu ihm rüber zu schauen und sie dann zu einem Kaffee einladen. Machu Picchu mit den eigenen Augen bewundern und die Schön- und Weisheit der faszinierenden Mayakultur erkunden. Auf Hawaii einen echten Kahuna treffen, sich von ihm sich in der traditionellen Huna-Lehre unterweisen lassen sowie ebendort die riesigen, aktiven Vulkane bestaunen. Später dann in einem Dreimaster sämtliche Ozeane überqueren. Um nur mal ein paar von all den Dingen zu erwähnen, welche er - anstatt sie nur aus zweiter Hand per Buch und Film - nun ganz direkt und unmittelbar erleben wollte.

Er sah sich als den furchtlosen Reisenden, der kopfüber in fremde Kulturen und Lebensweisen eintaucht, ihre Gepflogenheiten mit allen Sinnen in sich einsaugt und diese bis in alle Ewigkeit als kostbaren Schatz hütet, um sich, wenn er eines Tages ein ganz, ganz alter Mann ist, stets und überall daran erinnern zu können, wie groß und wunderbar diese Welt doch ist.

Und so beginne ich nach knapp zwei Wochen seit meiner Meer-Morgen-Tour mit Tom der vielleicht verrücktesten Idee meines ganzen bisherigen Lebens zu folgen. Reisen und schreiben. Mehr will ich im Grunde von da an nicht mehr und mein ganzes Tun und Streben ist fortan einzig darauf ausgerichtet, genau dies zu verwirklichen.

Mit diesem Entschluss kommen neben Freude, Power, Klarheit und Leichtigkeit im Handumdrehen auch eine ganze Menge action in mein Leben: Wohnung, Arbeit, Versicherungen, Auto, Möbel, Kleidung, Bücher wollen bis zum nächsten Abflug der Kraniche im Herbst aufgelöst, verkauft, verschenkt und der verbleibende Rest im großen roten Reiserucksack verpackt werden. Und dann? Werde ich einfach mit meinen gefiederten Vorbildern losfliegen. Der dreißigste September scheint mir genau das richtige Datum dafür.

Ich skizziere meine Reiseroute nur grob, folge dabei ausschließlich meiner Neugier und meinem liebgewonnenen Bauchgefühl, welches mich schon so oft wie zuverlässig durch Untiefen und allerlei fremde Gewässer navigiert hat. Genua, Korsika, Sardinien, Sizilien und Zypern sollten die ersten Stationen Richtung Süden sein. Dann natürlich Israel, vielleicht Ägypten, Iran - das alte Persien - wäre auch spannend, später dann ganz, ganz viel Indien, gefolgt von Sri Lanka und dem Tausend-Insel- Staat Indonesien, von wo es ein Katzensprung ist ins mir noch völlig unbekannte Down Under. Von dort mit einem Segelschiff rüber nach Hawaii, Mittelamerika und der Karibik, um anschließend in Südamerika zu landen. Soweit der Plan. Fürs Erste. Und dann? Mal sehen. Dem Gehenden legt sich bekanntlich der Weg unter die Füße und die meinen freuen sich schon unbändig darauf, tendenziell eher kleine Schritte zu machen. Die sich allmählich verändernden Landschaften will ich ganz bewusst erleben und genießen. Mir zudem ausgiebig Zeit nehmen für alles, was es auf dem Weg zu entdecken gibt. Und diesmal habe ich Zeit. Wahnsinnig viel Zeit. Mein Budget wird grob überschlagen für zwei bis drei Jahre reichen. Und dann? Keine Ahnung. Die Antwort darauf würde sich finden. Wie alles andere auch.

Erst vor ein paar Jahren hatte er überhaupt erst seine Reiselust entdeckt. Begonnen hatte es eher unauffällig: am Ende eines jeden Urlaubs fand er sich am Strand sitzend wieder, sich und den Menschen an seiner Seite zu fragend „Warum eigentlich fahren wir morgen zurück?". Man legte ihm dann Antworten vor wie „Weil du nächste Woche wieder arbeiten musst", oder noch besser „Weil wir ein Rückflugticket für morgen haben", welche er allesamt kichernd und alles andere als überzeugt abwinkte. Und ihm selber? Fiel auch keine wirklich überzeugende Antwort ein. Was bitte, konnte nur der Grund dafür sein, sich aus einem Paradies wieder freiwillig in ein dunkles, kaltes Land mit rund sechs Monaten Winter im Jahr zu begeben? Um nur mal beim Thema Wetter zu bleiben.

Dan war ein ausgesprochenes Sommerkind. Das war schon immer so gewesen. Er liebte den warmen Wind auf seiner Haut, die Leichtigkeit und Freude, welche seine Lieblingsjahreszeit so großzügig im Schlepptau hatte und in welcher das Leben vorwiegend draußen stattfand: im Park, im Garten, am See, am Meer, in den Bars und Cafés. Draußen sein mit all der Lebendigkeit, welche dann nicht nur in der Natur in verschwenderischer Vielfalt, sondern auch pausenlos in ihm selber unaufhörlich widerhallte. Sein Tag war allein schon dann perfekt, wenn er lichtdurchflutet, meergebadet und sonnensatt vom Strand kam. Sommer, das war seine volle Pulle Leben, von welcher nie genug bekam.

Warum er dann eigentlich immer noch in diesem kalten, dunklen Land lebe, hatte ihn mal ein Kumpel aus dem sonnenverwöhnten Tel Aviv gefragt und Dan hatte etwas beschämt „Weil ich es so gewohnt bin", resümiert.

Sollte es so einfach sein? Einfach eine dumme und über Jahrzehnte hinweg wiedergekäute Gewohnheit? Jedenfalls hatte er sogleich beschlossen, dass sich daran baldmöglichst und grundlegend etwas ändern musste. Und kurz später ging es bereits los. In ihm war ein flächendeckendes Reisefieber ausgebrochen und er hatte jede erdenkliche Gelegenheit beim Schopf gepackt, um unterwegs zu sein und die Welt zu entdecken.

Beim Reisen bemerkte er, neben all den zauberhaften Begegnungen und Entdeckungen auf dem Weg, zudem ein kleines Wunder: die allerbesten Ideen – für schlichtweg ALLES! – kamen ihm, wenn er unterwegs war. In Bewegung. An fremden Orten. Dort, wo seine Sinne frisch und wach waren für all das zu bestaunende Neue um ihn herum. Nur dort und nirgendwo anders surfte im Jubel unbegrenzter Freiheit, welche er sowohl im Außen wie auch im tiefsten Inneren verspürte. Tom, der abgesehen von Kurztrips an die Ostsee oder den Besuchen bei seiner Tochter in Bayern, solide an seiner brandenburgischen Erdscholle haftete, meinte dazu, Dan müsse wohl eher vom *Fahrenden Volk* denn von einer Familie aus Nordrhein-Westfalen abstammen. Wahrscheinlich habe die Hebamme in lediglich in einem Moment der Unachtsamkeit vertauscht. Ein Gedanke, der Dans Fantasie sogleich beflügelte, denn im Wagen mit einer Karawane unterwegs sein, das gehörte ebenfalls zur Sammlung seiner ganz, ganz großen Träume.

Seine Leidenschaft fürs Schreiben dagegen war fast so alt wie er selbst. Hatte schon als kleines Kind alles vollgekritzelt mit seinen selbsterfundenen Geschichten, in welche er begeistert für Stunden eintauchte, sie manchmal sogar vertonte, während um ihn herum die Welt der Erwachsenen lautlos in völlige Bedeutungslosigkeit versank. Schon damals war in seinen Geschichten stets das Unmögliche möglich gewesen: Menschen hatte grüne Haare und lebten in einer Burg auf dem Felsen, welche von feuerspeienden Drachen umflogen wurde und die er, als Held und Protagonist, mittels seiner selbst erfundenen Gutenachtgeschichten stets erfolgreich zur Räson brachte. Im Winter kamen dann die Vögel des Waldes - mit Mütze und Schal gegen die Kälte geschützt - an sein Kinderzimmerfenster geflogen, um mit ihm zu sprechen und ihre Köpfchen an seine Schulter zu lehnen. Seiner Schwester musste er regelmäßig Papier stibitzen, da seine Kreativität einfach viel mehr Raum beanspruchte als seine Mutter sich mit den von ihr zugeteilten Rationen Malblöcken jemals hatte vorstellen können.

Als er dann in die Schule kam, ereignete sich die absolute Katastrophe für sein junges, kreatives Hirn - forderte man doch von ihm, fortan bitte nur noch realistische, überprüfbare Erlebnisberichte zum Thema „Wie ich einen Schnürsenkel zubinde" oder „Wie ich einen Fahrradschlauch flicke" und dergleichen mehr zu verfassen. Stundenlang hatte er am Pult hockend auf seinen so heiß geliebten Stift gestarrt, ahnungs- wie fassungslos über das wahrhaftig Unmögliche, welches nun von ihm verlangt wurde.

Und es sollten mehr als vier Jahrzehnte vergehen, bis er auf ganz wundersame Weise wieder Zugang fand in das Reich seiner eigenen, unbegrenzten Fantasie.

Er war für ein paar Wochen nach Gomera gereist und hatte bei Padgrain im Norden dieser magischen Insel Quartier bezogen. Padgrain kam ursprünglich aus Irland, sah aus wie der Zwillingsbruder von Catweazel und war vor neun Jahren, des irischen Dauerregens müde, auf die Insel des ewigen Frühlings ausgewandert. Die beiden Männer verstanden sich auf Anhieb, unternahmen diverse, schweißtreibende Wandertouren durch den zauberhaften Nebelwald und allerlei felsige Höhen, tankten Sonne auf schwarzem Sand und tauchten so oft es ging in den allseits gegenwärtigen wie atemberaubenden Ozean. Padgrain war einer der außergewöhnlichsten Menschen, die Dan je getroffen hatte. Die Tage mit ihm steckten stets voller Überraschungen. So stürzte sich Padgrain mit Vorliebe aus dem Nichts auf ein paar Blätter am Wegesrand, riss sie mit Leidenschaft aus und stopfte sie sich vor Dans erstaunten Augen in Windeseile in den Mund, fröhlich schmatzend ein „Mother earth provides you everything" hervorbringend. Wenig später schon rannte er in die nächste halbverfallene Scheune, ergriff die erstbeste Heugabel und legte zu selbst intoniertem *Rockin' in the free world* ein bühnenreifes Luftgitarrensolo mit ausgiebigen head banging hin.

Auf die Frage, ob er eigentlich schon immer so gewesen sei antwortete Padrain lächelnd: „Du meinst, in meine früheren Leben als Gastronom und Familienvater? Eindeutig nein! Doch das ist lange her. Mit fünfundfünfzig habe ich mir geschworen: wenn ich mal achtzig bin, soll niemand über mich sagen `Schau mal, da sitzt der liebe alte gute Padgrain. Bescheiden und friedlich hockt er Tag für Tag auf seiner Gartenbank, ein Schwätzchen mit den Nachbarn haltend`.

Nein!!! Ich will, dass die Leute ein *Oh mein Gott, was startet er denn jetzt schon wieder?!* von sich geben, wenn ich wieder mal ein neues Abenteuer outside the box beginne. Und dafür, mein Guter, trainiere ich jeden einzelnen Tag. It`s time to ride on the wild side, babe", resümierte er breit grinsend und gab Dan abschließend einen schwungvollen Klaps mitten auf den Po.

Seine finale Überraschung aber sparte sich Padgrain für den letzten gemeinsamen Abend vor Dans Rückreise auf. Sie hatten zuvor köstliche Papas Arrugadas mit reichlich Mojo Rosso und gegrilltem Fisch auf der Veranda verspeist, als Padgrain wie beiläufig anmerkte, er kenne da übrigens einen Handlinienleser im Dorf. Der wohne keine fünf Minuten entfernt und ob Dan vielleicht an einer Lesung interessiert sei. Wenig später machten sich die beiden auf den Weg zu Antonios Haus am Rand der Klippen. Antonio war mit seinen fast neunzig Jahren einer der Dorfältesten und hatte schon immer in dem alten Steinhaus gelebt, welches sein Großvater vor langer Zeit Kraft seiner eigenen zwei Hände erbaute. In seinen jungen Jahren war Antonio täglich mit den anderen Männern des Dorfs unten am Hafen mit den Booten raus aufs Meer zum Fischen gefahren. Damals, als es noch reichlich Fisch für alle gegeben hatte. So viel, dass sie das gesamte Dorf von der stets üppigen, silbernen Fracht und dem, was sie davon verkauften, ernähren konnten.

Zu Recht waren die Dorfbewohner stolz auf ihre Fischer gewesen, die mutig frühmorgens bei jedem Wind und Wetter die Holzboote klarmachten, nachmittags die Netze in Schuss hielten und so mit dem traditionellen Fischfang ihrer aller Überleben sicherte.

Doch das war lange her. Die Fische gingen, die Touristen kamen, der Hafen verfiel und Antonio wurde ein alter Mann.

Seine Fähigkeit, das Schicksal der Menschen aus deren Händen zu lesen, war ihm in die Wiege gelegt worden.

Als Kind hatte ihm dieses Talent furchtbare Angst bereitet: er erfühlte die mitunter dramatischen Ereignisse im Leben der Menschen, sobald er diese berührte. So sah er Verlust von Haus und Hof oder eines geliebten Menschen, sah Krankheit und manchmal Tod, aber natürlich auch Reichtum, Karrieresprünge, Gesundheit, glückliche Ehen und Kindersegen. Als junger Mann hatte er dann über diese Gabe gelacht, wann immer sie ihn ereilte und tunlichst vermieden, mit jemanden darüber zu sprechen aus Angst, dass man ihn schlichtweg für verrückt erklärte. Erst im Alter hatte er es vermocht, dieses besondere Talent als Geschenk wertzuschätzen und mit dem, was er fühlte und sah weise umzugehen.

Und so war über die Jahre aus Antonio dem Fischer Antonio der Profeta an den Klippen geworden, welcher konsultiert wurde, wann immer es um wichtige Entscheidungen im Leben der Insulaner ging.

Seine schon milchig hellblauen Augen nahmen Padgrain und Dan beim Öffnen der Haustür nur noch als Schatten wahr, dann lächelte er sein breites zahnloses Lächeln beim Vernehmen von Padgrains Stimme, nickte und winkte die beiden Männer hinein in seine gemütliche Stube, von welcher aus sie einen atemberaubenden Blick auf die untergehende Sonne überm Meer mit dem Teide im Hintergrund hatten. Antonio gebot den beiden Platz zu nehmen und ergriff sogleich Dans Hand, um diese ausgiebig zu studieren. Mit seinen runzeligen Fingern fuhr er die Linien nach, drehte und wendete die Hand, um hernach wieder die Linien nachzuspüren. Dans Herz pochte wie wild in seiner Brust. Eine seltsame bizarre Situation war das. Was um Himmels willen machte er hier? Was sollte dieser alte, fast blinde Mann in seiner linken Hand schon entdecken? Was, wenn er gleich Dinge hören würde, die er lieber erst gar nicht wissen wollte? Was, wenn der Alte fröhlich los parliert und Dan mit seinen paar Brocken spanisch lediglich Bahnhof versteht? Er schaute Padgrain besorgt und fragend an. Doch der nickte ihm beruhigend zu. So ergab sich Dan seinem momentanen Schicksal und versuchte die Aussicht zu genießen.

Es war schon dunkel als Antonio begann, sich mit Padgrain zu unterhalten. Redeten sie über ihn? Dan verstand wirklich kein einziges Wort. Na toll, er fühlte sich wie der zu verschachernde Esel, über dessen Marktwert verhandelt wird, spürte seinen aufsteigenden Unwillen und wäre am liebsten einfach aufgestanden und gegangen. Da begann Padgrain zu übersetzten und Dan blieb, wo er war. Kam aus dem Staunen nicht mehr heraus. Dieser ihm vollkommen fremde, alte Mann kannte sein ganzes verdammtes Leben bis ins kleinste Detail! Alle Höhen und dann Tiefen, die Geschichten der Familie, die großen Herausforderungen als junger Erwachsener, die mannigfaltigen Wendungen seines bewegten Lebens, seine Schwächen, wie auch seine ganz besonderen Fähigkeiten und Talente. Und das alles anhand des verzweigten Liniengewirrs seiner linken Hand, in welcher alle Geschichten gespeichert waren wie Daten auf einer Festplatte! Bis spät in die Nacht saßen sie zu dritt um den hölzernen Tisch und lauschten gebannt dem Alten.

Jahre später würde Dan von diesem verrückenden Abend nur noch die eine Sache erinnern, welche Antonio zuallerletzt ansprach. Doch das, was er hörte, würde er sei ganzes Leben lang nie mehr vergessen: Dan habe das Zeug zum Schriftsteller, meinte der Profeta, und er möge doch bitte endlich mal anfangen, etwas aus diesem Talent zu machen.

Schreiben? Wie bitte? Dan fand sich leidlich musikalisch, konnte etwas singen, Klavierspielen und ein paar Songs auf der Gitarre klimpern. Aber Schreiben? An diesem Abend lachte er bloß kopfschüttelnd in sich hinein. Und vergaß.

Rund vier Jahre sollten vergehen, bis ihm dann diese seltsame Vogelgeschichte direkt vor die Füße fiel und damit den Weg wieder freigab mitten hinein in die Zauberwelt der Worte und Geschichten. Da erinnerte er sich an die Weissagung des den Profeta bei den Klippen und vor allem auch an all die Geschichten von den Menschen mit grünen Haaren aus seinen Kindertagen. Damit stand das Tor zur Quelle wieder sperrangelweit auf und er durchschritt es voller Freude und Dankbarkeit.

Zunächst hatte er Kurzgeschichten geschrieben, dann einige Liebesgedichte und demnächst würde er während seiner großen Reise jeden Tag neue ungeahnte Geschichten einsammeln, welche in unendlicher Vielzahl gleich hinter der nächsten Häuserecke lauerten und einzig darauf warteten, von ihm endlich entdeckt und zu Papier gebracht zu werden.

Und so war Dan in kurzer Zeit das Schreiben wie zu einer anderen Art des Atmens geworden und befand, dass ein Leben ohne Schreiben zwar möglich, aber leider gänzlich sinnlos sein musste.

Bei der Aussicht, schon sehr bald ausschließlich seinen beiden großen Passionen zu folgen und nichts anders mehr zu tun nicht weniger als pures, warmes, pulsierendes, jubelndes Glück.

Tom war wohl der Einzige, der von Dans Reiseplänen am allerwenigsten überrascht war. Zu oft hatte der selbst erlebt, wie die Frage aller Fragen *Was würdest du jetzt am liebsten tun, wenn alles möglich wäre?*, bei sich und anderen in problematischen, ja sogar scheinbar völlig verfahrenen

Situationen plötzlich alle dunklen Wolken fortgerissen und den Blick auf all die unbegrenzten Chancen und Möglichkeiten eines stets offenen, weiten Himmels freigegeben hatte. Wie mit diesem simplen Taschenspielertrick aus traurigen, hoffnungslosen Menschen im Handumdrehen wieder lebensfrohe, schöpferische, tatkräftige wie selbstbewusste Zeitgenossen wurden, die haargenau wussten, was sie wirklich wollen und worum eigentlich in ihrem Leben geht. Was sie loslassen, was sie fortan tun mussten, um glücklich zu sein.

Mit dieser Frage hatte Tom damals seinen eigenen Arsch und auch den seiner Tochter gerettet. Hatte sich quasi über Nacht aus seiner zerstörerischen Ehe befreit, diesen alten stillgelegten Bahnhof in Brandenburg mit seinen beiden Nebengebäuden und dem anliegenden Stück Land gekauft, alles mit seinen eigenen Händen liebevoll renoviert, einen Gemüsegarten angelegt und die kleine Nicola liebevoll wie unermüdlich darin unterstützt, zu einem kreativen, selbstbewussten und liebenswerten Menschen heranzureifen.

Darum kommentierte Tom nur von einem zum anderen Ohr grinsend „Und? Wann geht's los?".

Tom war auch derjenige, welcher Dan später half, die Wohnung komplett aufzulösen und Dans vier Kisten Habseligkeiten auf seinem eigenen Dachboden unterzustellen. Nur für den Fall...

Freunde und Familie hatte Dan in den folgenden Tagen und Wochen in seinen großen Plan eingeweiht und dabei viele OHs und AHs geerntet. Man bewunderte ihn für seinen Mut und gestand, sich derlei selber nie zu trauen. Die Julias unter seinen Freunden konfrontierten ihn gern mit der besorgten Frage, was er denn zu tun gedenke, wenn er wieder zurückkomme. Darauf antwortete er so knapp, wie es ihm die Höflichkeit gerade noch erlaubte und konzertiere sich vielmehr auf seine brennende Vorfreude und die lange To-Do-Liste mit all den Dingen, welche er bis zu seiner endgültigen Abreise am 30. September noch unbedingt erledigt und erlebt haben wollte. Denn jetzt ging es ja erstmal ums losgehen, den ersten Schritt machen und den Weg genießen. Über ein etwaiges Zurückkehren würde er sich immer noch Gedanken machen können, wenn es soweit wäre. Und jemals dazu kommt.

2 Und dann kam Marie

Schon so oft habe ich mich gefragt, warum mich eigentlich niemand aufhält, wenn ich mal wieder eine Riesen-Dummheit begehe, von der die anderen dann später sagen würden, dass sie es ja schon so haben kommen sehen, ich aber so enthusiastisch gewesen sei, dass ihre Einwände doch eh ungehört an mir vorbeigerauscht wären. Bin ich denn wirklich so ein sturer Esel? Oder sind die lieben Freunde einfach nur viel zu bequem, um einfach mal an der passenden Stelle den Mund aufzumachen? Wie auch immer: eins von den Dingen, welche ich vor meiner Abreise unbedingt noch gemacht haben will, ist Segeln lernen. Also so richtig typisch deutsch mit Prüfung und Zertifikat. Segeln ist für mich, die geborene Wasserratte, eh nah an meinem liebsten Element und zudem die wundervolle Kombination aus grenzenloser Freiheit, tiefem Eintauchen in Natur, sowie ewig neuem Spiel mit Wind und Wasser. Außerdem meist ein cooles Teamevent, vorausgesetzt natürlich, man ist mit den richtigen Leuten unterwegs.

Ein paar Mal war ich im Urlaub segeln gewesen, Tagestörns in der Ägäis mit Schnorcheln und *La Dolce far Niente* abends an Deck und hatte so in weiser Voraussicht schon mal einige Seemeilen zusammengesammelt. In einem Kurs das grundlegende Handwerk mitsamt Segellatein, Knotenkunde und der notwendigen Theorie dazu erlernen und schlussendlich den Schein machen, das ist mein Plan, um mein noch blutiges Anfängerwissen auf die baldige Begegnung mit den Weltmeeren vorzubereiten. Christins Kommentar dazu? „Im Kino läuft gerade ein Film dazu", und verabredet sich mit mir für die nächste Vorstellung. Das Plakat verspricht eine dramatische Liebesgeschichte mit beachtlichen Windstärken und einigen Kubikmetern Meerwasser und weil ich mir derzeit eh alles reinziehe, was mit Segeln zu tun hat, sage ich ohne Zögern zu. Nach dem Film schaut mich Christin erwartungsvoll an und wenig später beim Bier lasse ich die bewegende Story nochmal Revue passieren.

Christin unterbricht mich schon nach den ersten zehn Sätzen und platzt mit einem fulminanten „Sag mal, spinnst du?", heraus. „Ich bin nicht mit dir in diesen Film gegangen, damit du mir jetzt in epischer Breite einen vom Segeln vorschwärmst. Nur um das mal klarzustellen: der Typ im Film ist elendig krepiert. Punkt eins. Punkt zwei: die Frau ist nur ganz knapp mit dem Leben davon gekommen. Punkt drei: da sie schon komplett dehydriert, zudem seit vierzig Tagen ohne Nahrung und zudem allein auf See war und somit ausreichend Zeit hatte, sich mit ihrem eigenen baldigen Ableben anzufreunden, ist sie wahrscheinlich schwerst traumatisiert. Das erfahren wir bloß nicht, weil der Film an genau der Stelle endet, an welcher sie in buchstäblich letzter Sekunde gerettet wird. Und nur mal nebenbei: hast du eigentlich die gigantischen Monster-Wellenberge bemerkt, durch welche die beiden in ihrer Nussschale geschaukelt wurden? Nur ein völlig Wahnsinniger begibt sich freiwillig in eine solche Situation", schnaubt Christin. „Ja, die. Und dein Bruder", vollende ich, „außerdem muss es für Hollywood doch hochdramatisch sein, Schwesterchen. Man stelle sich vor, die zwei Süßen wären neunzig Minuten lang bei `ner Flaute, den Segeln im Lazy Bag und dem gleichmäßigen Getucker des Dieselmotors über den Ozean geschippert. Die Story hätte es so garantiert niemals in die Kinos geschafft". Christin nimmt einen großen Schluck Bier, schüttelt entnervt den Kopf und stößt ein resigniertes „Ich gebe es auf, dir ist echt nicht mehr zu helfen", aus. Musste man mir helfen? Ernsthaft?! Oder hatte nur mal wieder Christin überbordendes Helfersyndrom zugeschlagen? Ich fühle mich mitnichten krank. Im Gegenteil. Nur eben etwas anders als die anderen. Doch das ist ja nichts Neues.

Auf Grund der durchweg positiven Rezensionen und der attraktiven Trainingsvideos melde ich mich trotz drohender Monster-Wellenbergen am nächsten Tag bei Mads Segelschule an und lerne bis zum Kursbeginn schon mal die fünf gängigsten Schiffsknoten. Wegen schlechten Wetters wird der Kurs zweimal verschoben und so ist es bereits Anfang September, als ich frühmorgens ans Meer fahre, um meinen ersten Segelkurs zu anzutreten. Ich bin unsagbar aufgeregt und freue mich wie ein Kleinkind auf den Weihnachtsmann.

Als ich auf dem kleinen Parkplatz am Hafen halte, erblicke ich sogleich den hochgewachsenen, blonden, athletischen Mann, der vor einer achtköpfigen Gruppe gestenreich auf und ab läuft: unzweifelhaft Mads der Segellehrer. Spiegel-Sonnenbrille, Helly-Hansen-Cap und wettergegerbte Haut über einem selbstbewussten Lächeln, flankiert von einem perfekt getrimmten Dreitagebart, runden seine eindrucksvolle Erscheinung formvollendet ab.

Ich muss unwillkürlich grinsen. Ich mag solche Typen ja. Meistens liefern die eine coole Show, haben einen Haufen spannender Anekdoten parat und sind im Allgemeinen der Garant für einen hohen Spaßfaktor, welcher bei mir nie allzu kurz kommen darf. Die Gruppe hängt bereits an seinen Lippen - insbesondere der weibliche Gruppenanteil - was Mads sichtlich genießt. Er begrüßt mich mit einem Nicken und wirft mir mit einem „Nur für den Fall, dass du baden gehst", eine leuchtend orangerote Rettungsweste zu.

Dann passiert es: Eine kleine Frau mit Zöpfen und energischem Gang kommt aus der Bootshalle, läuft um die Gruppe herum zu Mads und flüstert ihm etwas ins Ohr. Mein Kopf fliegt willenlos zu ihr, mein Blick wie unter Hypnose an sie geheftet. Ich kneife die Augen zusammen, um sie gegen die helle Morgensonne besser sehen zu können. Sie kommt mir bekannt vor und doch kenne ich sie nicht wirklich. Ich betrachte ihr Gesicht: helle Augen, hellbraunes Haar mit rötlichem Schimmer: Sie ist schlank und kräftig zugleich und strahlt eine ganz besondere vibrierende Energie und Tatkraft aus. Meine Augen folgen ihr, als sie rasch zurück in die Halle läuft und nach und nach Segel, Paddel, Eimer, Pütz und noch mehr Rettungswesten anschleppt.

Ich schwöre, mit allem hatte ich gerechnet. Allerdings nicht damit, dass mich hier völlig unerwartet der Blitz trifft. Irgendwie ist das voll albern, zugleich aber die Wahrheit. Ich bin schockverliebt. In Marie. Mads hat gerade ihren Namen genannt. Marie. Ich flüstere ihren Namen vor mich hin, als müsste ich ein Textbuch auswendig lernen. Mein Herz pocht so heftig, dass ich sicher bin, alle anderen können es hören.

Was nun folgt lässt sich auf ein einziges Wort zusammenfassen: Marie. Die Belehrungen über das Auftakeln, die klappernden Wanten im Hafen bei Nacht, die Vorfahrtregeln auf See, auch der Unterschied von Raumwind- und Am-Wind-Kurs, sowie die Handgriffe und Kommandos bei Wende, Halse und Kreuzen und die Anfertigung des Palstegs rauschen derart an mir vorbei und durch mich hindurch, dass im am Ende des letzten Trainingstags haltlos durch die Prüfung segle.

Das Einzige, was ich mir gut gemerkt habe, ist: Marie. Das Einzige, was ich während des Kurses aktiv verfolge, ist möglichst viel in ihrer Nähe zu sein und sie einfach auszuschauen. Ihr Lächeln zu erhaschen, ihre Stimme zu hören und sie in ein Gespräch verwickeln. Ist das albern? Na klar! Viel zu auffällig? Aber sicher! Doch das ist mir vollkommen egal. Auch dass die anderen Teilnehmer schon kichern und Mads mir wohlwollend wie ermutigend zugrinst, tangiert mich nicht weiter.

Alle bemerken es. Nur Marie geht scheinbar vollkommen in ihrer Assistentinnen-Rolle auf und behandelt mich genauso wie alle anderen Eleven auch.

Nach der Prüfung gibt Mads wie immer zum Kursabschluss noch einen aus. Ich brenne innerlich. Es kann, nein, es darf nicht das letzte Mal gewesen sein, dass ich Marie sehe. Doch die ist geschäftig wie alle anderen Tage zuvor auch.

Erst beim Abschied steht sie da. Die Hände in den Hosentaschen, etwas verlegen von einem Bein auf das andere tretend. Den übrigen Teilnehmern habe ich bereits Adieu gesagt und viele gute Wünsche für meine bevorstehende Reise eingesammelt. Dann komme ich vor ihr zu stehen. Sie sagt etwas, was ich nicht verstehe. Sehe nur ihre unglaublich hellen Augen. Sie leuchten von innen. Ich tauche tief darin ein und genau den einen Moment zu lang, um unbedeutend zu bleiben.

Im nächsten Moment falle ich ihr um den Hals. Einfach so. Ohne Vorwarnung. Sie lacht. Dann treten wir einen Schritt auseinander und überhäufen wir uns gegenseitig mit Worten, Reden irgendetwas, während ich sie weiter betrachte aus noch ungewohnter Nähe, bereits den Zauber unserer Begegnung erahnend.

Erst als es dunkel wird und Mads zum Aufbruch mahnt, beenden wir unser Gespräch. Ich helfe ihr, die restlichen Utensilien wieder in der Halle zu verstauen und weil ihr Auto im Dorf steht, meint Mads gespielt beiläufig „Dan, du hast doch noch Platz in deinem Auto. Könntest du Marie mit ins Dorf nehmen?".

Und wie ich kann. Ich genieße die Nähe mit ihr im Auto - nur eine Armlänge entfernt - und doch nah genug, um ihr dezentes Parfum zu erhaschen. Wann immer ich kann, werfe ich einen Seitenblick zu ihr hin. Ich halte neben ihrem Wagen, doch sie macht keine Anstalten auszusteigen. Wieder reden wir und ich bin heilfroh darüber - die Furcht im Nacken gewahr, gehen zu müssen, sobald das verbindende Band unserer Worte abbricht. Der Vollmond verzaubert den nächtlichen Himmel; hätte nur noch gefehlt, dass zufällig ein paar Musiker romantische Geigenmusik beisteuern. Es ist wie im Märchen. Mit mir als einer der Hauptdarsteller, welcher das unschlagbare Talent besitzt, im allerletzten Moment die ganze Show zu vermasseln. Da sitzt die süßeste, reizvollste Frau der Welt neben mir im Auto ohne die geringsten Anstalten, sich auf und davon zu machen. Und ich? Denke urplötzlich an meine bevorstehende Reise. Und dass es ja doch wohl völlig bekloppt wäre, sich ausgerichtet jetzt zu verlieben. Ob ich sie aber trotzdem küssen sollte? Etwa jetzt? Ich seufze, sie schaut mich fragend an. „Alles gut", murmle ich und wirble so sehr in meinem Gedankenkarussell herum, dass ich fast ihr, „Ich würde dich sehr gerne wiedersehen, Dan", überhöre. „Was?!", rufe ich, viel zu laut. Wahrscheinlich denkt sie jetzt, dass sie es mit einem Wahnsinnigen zu tun hat und wird für immer Reißaus nehmen. Doch sie bleibt sitzen. Meine Telefonnummer? Ja klar! Ich fummele einen Zettel aus meiner Tasche, kritzle meine Nummer darauf und reiche ihn ihr rüber. Dann ergreift sie die Türklinke und öffnet. Halt, denke ich, halt! Doch nicht schon jetzt! „Ich würde dich gerne noch umarmen". Habe ich das gerade gesagt? Wir steigen aus, gehen um das Auto herum und dann halte ich dieses zauberhafte Wesen zum ersten Mal in meine Armen. Unser Kontakt ist leicht. Wie die Berührung zweier Schmetterlinge. Ich fühle, wie sich Zauber um uns legt. Sie ist so weich. Und riecht so unsagbar gut. Ich versenke meine Nase in ihr Haar. Werde still. Und wünsche, mich nie, nie wieder von dieser Stelle wegzubewegen. Marie.

Dann reiße ich mich los. Die Weltreise steht plötzlich mitten zwischen uns und glotzt mich fassungslos an. Was ich da eigentlich gerade starte? Ob ich jetzt komplett durchgeknallt sei? Zuhause schlafe ich seit Tagen auf dem Sofa, weil Bett wie auch sonst der Großteil meines Mobiliars bereits verkauft sind. Besitze gerade mal noch zwei Tassen, zwei Teller, einen Wasserkocher, Topf und Besteck und zähle ungeduldig die Stunden bis zu meiner Abreise. Und so ganz nebenbei rase ich mit Voll-Karacho in diese ebenso zauberhafte wie vollkommen unpassende Liebesgeschichte. Wirklich ein super Timing, Dan!

Von plötzlichem Aktionismus getrieben, streiche ich Marie über den Rücken, hauche ihr ein „Ciao", entgegen, steige zu meiner eigenen Überraschung ins Auto, lasse den Motor an und fahre los. In meinem Kopf tobt ein Sturm. Ich schaue in den Rückspiegel. Die Lichter ihres Autos gehen an und langsam setzt sich ihr Fahrzeug in Bewegung. Eine Weile noch fährt sie hinter mir her. Soll ich nochmal anhalten? Doch was würde sie von mir denken? Warum bin ich Idiot eigentlich losgefahren? Wie lange muss ich warten, bis ich sie anrufen kann, ohne aufdringlich zu wirken? Und worauf eigentlich warten? Und vor allem: warum?

Doch wie eigentlich anrufen? Ich habe sie ja gar nicht nach ihrer Nummer gefragt, ich Idiot! Also halt an, brüllt die Stimme in meinem Kopf.

Doch ich fahre weiter und irgendwann sehe ich sie abbiegen und vollends in der Dunkelheit verschwinden.

3 Countdown läuft

In den folgenden Tagen bin ich rund um die Uhr beschäftigt. Mit dem Renovieren der Wohnung, dem Verkauf meiner allerletzten Habseligkeiten und einigen noch ausstehenden Besuchen bei Freunden und Familie. Bei allem Tun und Schaffen läuft in Dauerschleife die Hintergrundmusik mit Maries Namen, welche mir gleich am nächsten Tag nach unserer Mondscheinumarmung schreibt, dass es schön gewesen sei, mich zu treffen und sie so überrascht sei und vor allem, dass sie mich unbedingt noch einmal sehen will bevor ich losfahre. Diese Worte reichen vollends, um mein hungriges Herz einige Luftsprünge machen zu lassen. Ja! Ja!! Ja!!! Das alles denke und fühle und will ich auch. Und zwar am liebsten sofort.

Wir verabreden uns zum Abendessen. Ich bin viel zu früh im Restaurant und zudem aufgeregt wie ein Teenager beim ersten Date. Als sie endlich kommt, falle ich fast in Ohnmacht, streiche ihr stattdessen kurz über den Rücken und bringe lediglich ein schwaches „Hi", heraus. Sie wirkt ernst. Wir kommen ins Reden. Darin sind wir heute unübertroffen. Bestellen nebenbei das Essen, was mir im Grunde vollkommen egal ist. Sitze ihr einfach gegenüber. Sie ist so schön, dass ich sie immerzu ansehen muss. Ich betrachte ihre Hände, die leicht gebräunt und kräftig sind und zum Greifen nah vor mir auf dem Tisch liegen. Während ich versuche, möglichst unauffällig darauf zu starren, habe ich nur einen einzigen Wunsch: Ich will sie anfassen. Also die Hände, aber auch die ganze Frau. Ich will sie berühren. Das klingt jetzt vielleicht wenig originell aus dem Mund eines Mannes, aber, hey Leute, es ist anders.

Ich will nicht bloß ihren Körper berühren. Ich will alles von ihr berühren, nicht bloß Haut und Haar. Auch ihre Seele und ihr Herz. Ich will sie küssen, nicht bloß ihren Mund und Schoß, auch ihre großen und kleinen Gedanken, ihre Wünsche und Sehnsüchte, ihre Sorgen und Zweifel und ihren großen Traum von Leben. Ich will eins mit ihr sein, doch nicht nur im Liebesakt, sondern als Teil ihres ganzen Lebens.

Dann kommt das Essen und beharrlich trennen mich Tisch und jetzt auch noch zwei gefüllte Teller von ihr. Marie bleibt wie einbetoniert mir gegenüber sitzen und da ich nicht wie der letzte Rüpel über sie herfallen will, greife ich stattdessen kurzerhand zur Gabel.

Der weitere Abend lässt sich auf zwei Worte reduzieren: wir reden. Sie übrigens ununterbrochen. Ich behalte mir dann und wann noch mal Pausen vor und schaue sie einfach an. Erst früh am Morgen, als sie meint, nach Hause zu wollen und ich sie an all den Partyleichen vorbei zum Bahnsteig bringe, stehen wir endlich wieder voreinander. So wie am Hafen. Ohne viel Nachzudenken trete ich einen großen, mutigen Schritt auf sie, um sie ganz fest zu umarmen. Fest und bereit, sie niemals wieder loszulassen. Wir stehen so eine gefühlte Ewigkeit. Bis ihre Bahn kommt. Dann macht sie sich von mir los. Ich will eigentlich „Nein!!", schreien, „Nein", und „Geh nicht!", und lasse sie doch los. Als sich die Türen der Bahn öffnen, umfasst sie gezielt mein Kinn und küsst mich so flüchtig, dass ich später, allein auf dem Bahnsteig stehend und dem abfahrenden Zug hinterherschauend, gar nicht mehr sicher bin, ob sie mich tatsächlich geküsst hat. Oder ob dies lediglich ein schöner Traum gewesen ist.

Bis zum Sonnenaufgang bleibe ich noch am Bahnsteig stehen. Hoffe, dass sie einfach mit der nächsten Bahn zurückkommt. Oder der Übernächsten. Hauptsache, sie kommt überhaupt zurück.

Doch sie kommt nicht. Als der Backshop aufmacht, hole ich mir den allerersten Kaffee und fahre ebenfalls nach Hause.

Verzaubert. Verwirrt. Mit viel zu vielen Worten in meinem Kopf.
Und diesem einen Kuss auf meiner Seele.

Am nächsten Morgen lief Dan ohne Umschweife rüber zu Tom,
der schon seit Tagesanbruch im Schuppen vor sich hin werkelte.
Die Männer umarmten sich kurz, dann vergrub Dan beide
Hände in seine Hosentaschen und wich Toms fragendem Blick
gezielt aus. Dann zuckte er bloß die Schultern und brachte
ergeben „Es hat mich voll erwischt", hervor und berichtete Tom
im Weiteren diese ganze Dan-und-Marie-Geschichte von
Anfang an. Bewusst hatte er bislang das Wunder, welches ihm
mit Marie widerfahren war für sich behalten. In zwei Wochen
war er eh über alle Berge, warum also noch den Leuten mit
Liebesdingen in den Ohren liegen?! Im Beisein von Tom brach
den Damm seines Schweigens widerstandslos. Tom sagte eine
ganze Weile nichts, schüttelte dann seinen Kopf, seufzte tief, um
anschließend wissend zu nicken und Dan amüsiert anzugrinsen.
Dan hörte sich zuerst „Klar fahre ich wie geplant". und „Nein,
nein, das ist kein Zeichen, unbedingt hier bleiben zu müssen",
und dann „Aber so unbedingt lieben, das will ich ja auch, neben
dem reisen und schreiben", und noch später „Oder wäre es
dumm, jetzt wo sich mir das verlockende Leben so wundersam
vor die Füße wirft, eben dieses störrisch zu ignorieren und wie
ein Esel den einmal eingeschlagenen Pfad entlang zu trotten?",
sagen. Natürlich konnte Dan nicht wissen, wohin ihn diese
Begegnung mit Marie führen würde. Vielleicht in den siebten
Himmel? Oder in einziges Fiasko? Wer weiß sowas schon vorher?
Tom jedenfalls wusste es auch nicht, kochte einen starken Kaffee
und wägte mit Dan in den nächsten Stunden bei der
gemeinsamen Wartung der Gartenwerkzeuge das Für und
Wider des Gehens und Bleibens, des Sich-voll-ein-Lassens oder
Besser-gleich-die-Finger-davon-Lassens ab. Und kam zu
keinem überzeugenden Schluss.

„Liebe ist und bleibt das große Wagnis. Wie übrigens auch das Reisen. Und das Schreiben. Zu Anfang weißt du nie, was am Ende dabei rauskommt. Was drin ist, bleibt das große Geheimnis, welches sich dir erst enthüllt, wenn du wahrhaftig die Leinen löst und beginnst, einen Fuß vor den anderen zu setzen", meinte Tom beim Abschied. Dan war genervt und auch ein wenig enttäuscht von diesem Resümee. Und wusste zugleich, dass es ganz genau so und kein bisschen anders stimmte.

Christin, die was Liebesdinge anging, eher pragmatisch veranlagt war, kommentierte schlicht: „Großer, bist ja eh nicht mehr lange im Lande, also mach dir nicht zu viele Gedanken, komm aus dem Knick und hab vor deiner Abreise noch ein wenig Spaß mit deiner Marie."
Letztendlich blieb Dan aber vollkommen planlos, was Marie anging und schwamm weiter ruhelos im offenen Ozean aller Möglichkeiten.
Marie dagegen verblüffte und amüsierte ihn mit einer Nachricht, welche sie ihm tags darauf schickte: Sie wolle ihn sehen. Lud ihn in die Sauna ein, was Dan zuerst irritierte und ihm dann einen solchen Lachanfall bereitete, dass er sich auf dem Boden kugelte. Ihre Frechheit und Initiative, ihr Faible für das Ungewöhnliche und Gewagte gefielen ihm. Und natürlich auch die Vorstellung, sie schon so bald wiederzusehen. Und zwar diesmal nackt.

Er war zu früh. Wieder einmal. Sie musste ihn mittlerweile für einen hoffnungslos verliebten Idioten halten, dachte er bei sich auf dem Weg zum Liquidrom. Doch als er um die Ecke bog, war sie schon da. Lächelte verlegen als sie ihn erblickte. Ging raschen Schritts auf ihn zu. Umarmte ihn. Und endlich war er wieder da, wo er sein wollte.

Unsere erste Nacht, die zugleich die letzte sein sollte vor meiner Abreise, lässt mich verzaubert, beflügelt und zerrissen zugleich zurück. Ihr Körper ist nackt genauso wie ich ihn mit in meiner Fantasie vorgestellt hatte. Nur unendlich schöner. Diesmal steht zum Glück kein Tisch und keine Gabel mehr zwischen uns und da wir den Programmpunkt *Dauermarathon im Reden* ja bereits erfolgreich hinter uns gebracht haben, kann ich endlich all das tun, was mir eigentlich mit ihr vorschwebt: wir knutschen wie die Wilden und laufen im Weiteren pausenlos Gefahr, von der Sauna-Staff wegen übermäßiger Erregung öffentlichen Ärgernisses rausgeschmissen zu werden. Bei den übrigen Saunagästen erregen wir allerdings weitaus weniger Ärger als vielmehr interessierte wie neugierige und breit grinsende Gesichter. Dass wir diese Nacht zusammen verbringen werden ist klar und da mein Zuhause bereits weitestgehend leergeräumt ist, erübrigt sich das obligatorische Zu-mir-oder-zu-dir. Denke ich.

Doch urplötzlich taucht Maries Ehemann auf. Mit zwei Kindern im Schlepptau. Zum Glück nicht gleich leibhaftig im Ruheraum des Liquidroms, aber doch in Maries leisen, in mein Ohr geflüsterten Worten, worauf ich mitten von meinem kuscheligen Saunahandtuch ohne alle Vorwarnung in eiskalte Untiefen falle. Sie hat auf mich so unendlich frei gewirkt. So offen. Und vor allem so herzlich wenig verheiratet.

Mein erster, zweiter wie auch dritter Impuls? Umgehend aufstehen. Mich anziehen. Das Weite suchen. Und vor allem: Marie umgehend aus meinem Gedächtnis streichen.

Stattdessen schmelze ich unter ihren Küssen und Berührungen wie Eis in der Sommersonne.

Vor Jahren hatte ich nach mehreren, letztlich in hochkarätigen Katastrophen endenden Geschichten a la *Menage a Trois* um verheiratete Frauen großzügig rot-weißes Flatterband gespannt.

All die Lügen und Heimlichkeiten, aber auch die Verletzungen, die damit früher oder später allerseits immer einhergehen, sind mir zutiefst zuwider. Zudem liefere ich in keiner der Rollen solcher Trios langfristig betrachtet eine besonders gute Figur ab. Doch was macht Marie? Springt mit Anlauf und ohne abzubremsen einfach über mein Flatterband und fällt mir um den Hals. Sie will mich. Sehr sogar. So sehr, dass ich letztlich alle an sich klugen Bedenken bei Seite schiebe und sie mit zu mir nehme.

Auch ich will sie. Vielleicht ein wenig zu sehr. Ich bekomme keine Erektion. An sich kein Drama mehr für mich seit ich Abstand genommen habe vom allzeit bereiten 08/15 Hochleitungssex. Dem Sex nach Plan und Stechuhr mit dem hochgepushten Ziel eines möglichst gleichzeitig zu erreichenden multiplen Ganzkörperorgasmus. Stattdessen habe ich mir angewöhnt, in puncto Sex mit dem zu sein, was im Moment wirklich Sache ist - sowohl bei mir, als auch meinen jeweiligen Partnerinnen - und genieße die unendliche Erleichterung, nicht länger irgendwelchen vermeintlichen Idealen hinterher hechten zu müssen. Statt Ratgeber *Wie ich der perfekte Liebhaber werde* auswendig zu lernen, frage ich die Frau neben mir einfach „Schatz, wie möchtest du, dass ich dich berühre?" und fahre damit extrem zufriedenstellend. Übrigens beiderseits.
Heute Nacht allerdings, der vielleicht einzigen Nacht, die ich mit Marie haben werde, stresst mich mein allzu tiefenentspannter Lingam. Es ist mir sogar seit langem einmal wieder peinlich, nicht zu „funktionieren", obgleich ich mich innerlich dafür schelte. Ja, ich hätte einfach super gern mit ihr geschlafen. Sie von innen gefühlt, sie dabei geküsst und in ihre Augen geschaut, das Wunder unserer Vereinigung feiernd. Soweit der Plan. Das Leben hat jedoch eindeutig eine andere Richtung für uns eingeschlagen. Zudem weiß ich genau, was es ist. Ich habe

schlichtweg Angst. Ich spüre, dass ich bereits bis über beide Ohren in Marie verliebt bin. Männer werden in der Öffentlichkeit ja, was Sex angeht oft als weniger emotional, eher aufs Physische fokussiert dargestellt. Ich gebe freimütig zu: Ich war so nie. Zu Anfang fühle ich mich mit einer Frau oft erst einmal unsicher. Mag sie mich? Mag sie meinen Körper? Meinen Geruch? Mag sie, wie ich sie berühre? Meine Küsse? Meine Lust? Mein Verlangen? Passen wir – ja, ich meine wirklich unsere Genitalien im Speziellen - ineinander? Passen unsere Körper als Ganzes zueinander? Sich gegenseitig ausgiebig erkunden und mir dabei ganz viel Zeit lassen wie ich eigentlich am liebsten mag, all das habe ich mit Marie einfach nicht. Wir haben ein Jetzt. Aber kein Morgen. Zudem plagt mich wirklich die Sorge, mich noch tiefer mit ihr zu verbinden, als dies augenblicklich eh schon der Fall ist. Mein sechster Sinn sagt, ich würde vollends mit ihr verschmelzen, wenn ich in ihr bin. Doch sie ist nicht frei. Und ich in vier Tagen weg. Ich fühle die Angst, mich zu verlieren. In ihr. In uns. Und, dass dann all meine tollen Reisepläne letztendlich für die Tonne sein könnten. Und ich hierbleibe wegen einer verheirateten Frau.

Marie reißt mich aus meinen sich überschlagenden Gedanken und umarmt mich fest. Statt sich enttäuscht abzuwenden, nimmt sie meinen Lingam in ihre warmen Hände und hält mich liebevoll. Sie pusht nicht. Will mich nicht anders als ich gerade bin. Was für ein Segen! Ich beginne zu entspannen, lasse alle Erwartungen los, atme auf. Und durch. So liegen wir auf meinem improvisierten Nachtlager, über uns die Sterne, halten uns, küssen uns, liebkosen gegenseitig unsere nackten Körper. Anders. Ganz anders als geplant. Und wunderschön.

Wozu lieben fragte er,
wenn wir nur diese einzige Nacht haben?
Und dann vielleicht uns niemals wiedersehen im Leben?
Wozu hoffen, wagen, bangen,
wenn am nächsten Morgen schon das Signal ertönt und du gehen
musst und nie mehr zurückkehrst zu mir?

Wozu Sehnsucht spüren und Verlangen und großzügig noch das
Herz verschenken,
wenn nach wenigen Stunden alles bereits keinen Boden mehr
findet,
auf welchem es wird gründen können?
Wozu noch die Hand ausstrecken, welche dich liebevoll berührt,
wenn sie so bald schon ins Leere greifen wird?

Wozu Freude, Vergnügen, Lust feiern,
wenn die Lichter des rauschenden Festes in Kürze doch
verloschen werden sein?
Wozu?
Doch sie lächelte und rannte auf ihn zu, um ihn zu umarmen.
Stundenlang und wild und zart, so als gäbe es kein Morgen.
Riss ihn mit ins tosende Meer und ganz hoch hinauf zu den
Sternen.
Und dann flogen sie gemeinsam durch diese eine endlose Nacht.

Als es hell wird, steht sie auf. Ich höre sie im Bad. Dann kommt
sie zurück. Steht nackt im Türrahmen, schön wie eine Göttin, eine
Hand in der Hüfte und sagt leise „Ich muss los". Ich bringe sie
zur Bahn. Weiß nicht, was ich sagen soll. Wir umarmen uns,
küssen uns. Dann steigt sie ein. Wieder schaue ich ihr hinterher.

Wünschte, sie käme zurück. Doch sie kommt nicht. Wieder hole ich Kaffee beim Backshop und fahre allein nachhause.

Auf Toms Stirn bildet sich ein ganzes Rudel Dackelfalten, als ich ihm später am Tag von meinem Sauna-Date erzähle. „Verheiratet. Soso", kommentiert er knapp und fährt fort, seine Tomaten hochzubinden. „Ja, verheiratet und zwei Kinder", resümiere ich und dass es somit wohl das Beste sei, in Kürze loszufahren und dem Ganzen ein klares Ende zu setzen. Im Folgenden tröste ich mich mit dem Gedanken, dass die verbleibenden Tage ohnehin derart randvoll angefüllt sind mit den letzten noch ausstehenden Besuchen von Freunden, dass ich gar nicht erst in Versuchung kommen werde, Marie erneut zu treffen.

Abends kaufe ich mir ein Bahnticket. Nach Genua. Erstmal einen richtig guten, italienischen Cappuccino trinken und dann weiter nach Korsika. Zugleich spüre ich das, was ich schon befürchtete: ich bekomme Sehnsucht nach ihr. Jeden Tag ein bisschen mehr. Ich schiebe dieses ziehende Gefühl halbherzig zur Seite und verabreiche mir rund um die Uhr Action. Die Besuche sind wundervoll, insbesondere meine *Fare-well-and-good-bye-Party* am See hinterm Haus. Alle feiern mich wie einen Star und ich genieße es, ausnahmsweise einmal im Mittelpunkt zu stehen.

Erst spät in der Nacht, als ich wieder allein im Bett liege und auf die riesengroße Weltkarte und aufs Datum starre, kehren meine Gedanken zurück zu ihr. Es ist bereits der 29.9.19. Noch wenige Stunden bis zur endgültigen Abreise. Tag für Tag bewege ich mich dann kontinuierlich ein Stückchen weiter fort von ihr. Und von Stunde zu Stunde wird mir klarer, dass ich nicht werde fahren können, ohne sie noch einmal zu sehen und in meinen Armen zu halten.

Früh am nächsten Morgen dann schreibt sie, sie wolle mich unbedingt noch einmal sehen bevor ich losfahre. Ich lache auf.

Hätte von mir sein können. Wir verabreden wir uns am Hauptbahnhof. Drei Stunden vor meiner Abreise rennen wir wie Verdurstende in der Sahara aufeinander zu und ich versinke sogleich in ihr. Wir lachen und küssen und betrachten einander aus verwunderten Augen. Die Zeit vergeht wie im Flug. Ich feiere das Leben und fühle mich wie der König der Welt. Bald schon mache ich meinen großen Traum wahr und sitze zugleich neben der schönsten Frau der Welt. Was will ich eigentlich mehr?!

Als sie mit mir zum Bahnsteig geht, wird sie ganz still. Und ich stelle mir vor, wie wir uns weiter umarmen und küssen, sie mich hinein ins Abteil bringt, dabei glatt das Schließen der Türen verpasst und einfach gar nicht anders kann, als mit mir mitzureisen. „Schicksal", würde ich sagen, sie auf die Stirn küssen, ganz nah an mich ziehen, mit ihr die an uns vorbeirauschende Landschaft bestaunen und unserer gemeinsamen Zukunft voller Freude entgegenfahren. Später würde sie ihrem Mann und den Kindern eine Postkarte schicken und erklären, dass es ihr sehr leidtue, derart überstürzt abgetreten zu sein. Andererseits habe sie aber nicht länger habe bleiben können und sie mögen ihr bitte nicht böse sein, denn allzu wichtige, wundersame Dinge seien ihr widerfahren, welchen sie nun einfach folgen müsse. Später einmal könne sie ihnen das alles genauer erklären. In Liebe, Marie.

Doch sie steigt nicht mit ein. Diesmal bin ich derjenige, welcher sich durch die sich bereits schließenden Türen in das Abteil quetscht und seinen Platz in Beschlag nimmt, während sie draußen am Bahnsteig steht und mir hinterherblickt. Ich werfe ihr Tausend Kussmündchen durch das Fenster zu und bemerke erschrocken ihre nun wie eingeknickt wirkende Gestalt, den Kopf leicht gesenkt, traurig, so als sei alles Leben aus ihr herausgesogen. Hätte sich nicht der Zug bereits in Bewegung gesetzt, ich wäre am liebsten nochmals zu ihr gerannt.

Schicksalsergeben sinke ich in meinen Sitz und sehe dem Abenteuer reisen und schreiben, welches nun wirklich beginnt, voller Neugier entgegen.

4. Con amore. Per amore.

Con Amore. Per Amore. Genauso steht es geschrieben auf dem T-Shirt des genuesischen Hafenarbeiters, welcher mir am ersten Morgen meiner großen Reise auf dem Streifzug durch die genuesische Innenstadt entgegenkommt. Ich lache und beschließe spontan, dass dies ein gutes, ja vielleicht sogar das allerbeste Motto für meinen weiteren Weg ist. Con amore. Per amore. Kann etwas Besseres, etwas Wichtigeres überhaupt geben?!

Und während in Deutschland bereits die ersten Herbstblätter rieseln, sitze ich hier in der warmen Sonne des Südens mit Flip-Flops, Sonnenbrille und einem wunderbar duftenden Cappuccino vor mir. Und schreibe. Ein kleines Eckcafé habe ich mir dafür auserkoren, aus welcher es herrlich nach allerlei süßem Gebäck duftet. Früh am Morgen herrscht schon reger Betrieb. Wer auf dem Weg zur Arbeit ist, nimmt hier noch einen raschen Espresso im Stehen und checkt nebenbei die Nachrichten. Schulkinder versorgen sich mit Nervennahrung für einen langen Schultag und ein alter Mann genießt seinen Caffé Latte bei einem Zigarillo.

Ich fühle mich von all den Ereignissen der letzten Tage äußerst bewegt und noch ganz schön wackelig auf den Füßen. Kann es noch gar nicht wirklich fassen: Es ist wirklich losgegangen! Mein bislang wohl aufregendstes Projekt überhaupt: meine Weltreise auf unbestimmte Zeit. All die wunderbaren Begegnungen während meiner Abschiedstour passieren mit leiser Wehmut aber auch ganz viel Freude und Liebe während der langen Zugreise von Nord nach Süd an mir vorbei wie auch die Landschaften um mich herum. Wirklich ein seltsames Gefühl, so ein vollständiges Loslassen mit nur ein paar wenigen Dingen, die ich gerade dabeihabe, bestehend aus einem roten Rucksack und einer Tasche - etwa so, als hätte man mich von Boden gerupft und in den unendlichen Weltraum geschleudert. Jeder Wunsch, jedes

Verlangen nach Bodenhaftung oder Sicherheit ist völlig vergebens. Das Einzige, was jetzt gilt, ist weiter zu atmen und sich vertrauensvoll in den offenen Raum zu begeben, welcher vor mir liegt.

Die Zeit von Berlin bis München verflog rasch und ohne nennenswerte Vorkommnisse. Erst im Night-Jet von München nach Bologna erwachten die altbekannten Lebensgeister wieder. Als ich mich endlich durch einen Haufen Dirndl und Lederhosen durchgekämpft hatte - denn München versank vollends trunken im Oktoberfest - landete ich erleichtert wie erwartungsvoll auf meinen reservierten Sitz für die Nachtfahrt durch die Alpen. Einen Platz im Schlafwagen gab es nicht mehr. Alles restlos ausgebucht. Und das schon seit über drei Monaten. Also reiste ich sitzend, begleitet von all den unzähligen Malen, in welchen ich die verwackelten Fotos von mir und Marie am Bahnhof anschmachtete. Ach, Marie….
In Bologna musste ich raus und betrat den eben erst erwachenden Bahnhof früh um 5:17 Uhr. Die ersten Bäckereien und Cafés bereiteten sich hier schon tatkräftig auf einen neuen Tag vor und es duftete bereits verführerisch nach Cappuccino. Ich schleppte mich, überrascht vom Gewicht meines Rucksacks, zum nächsten Bahnsteig. Ganz so schlimm wie Cheryl Strayed in *Der große Trip* erging es mir beim ersten Aufstehen mit Gepäck zwar nicht und doch musste ich nicht ohne Grund an die geniale Filmszene denken, in welcher die Protagonistin, nachdem sie fein säuberlich und strukturiert Klappspaten wie alle anderen 150 unglaublich wichtige Utensilien in ihren blauen Monsterrucksack verstaut hatte, endlich versuchte damit aufzustehen.
Nun, ich *bin* aufgestanden, nein, ich habe mich dabei nicht selber unter der Last meines Rucksacks selber begraben, aber ich freue mich unbändig schon auf den erfahrenen, älteren Wanderer,

welchen ich wie Cheryl hoffentlich auch bald treffe und der mir helfen wird, überflüssigen Ballast in der Give-away-Box zu entsorgen.

Im Regionalzug nach Genua lernte ich im Handumdrehen, dass rote Monsterrucksäcke durchaus ihre anschmiegsamen Seiten haben, sich prima zum Anlehnen eignen und damit endlich ein paar Stündchen süßen Schlummer ermöglichen, einzig unterbrochen von Schaffnern, die mein Ticket sehen wollten. Und weil das Schlummern beim sanftem wie stetem Rattern der Räder so schön und annähernd sogar bequem war, verpennte ich fast Genuas Bahnhof. Ich weiß nicht, was oder wer mich doch noch wachgerüttelt hat. Nur im buchstäblich letzten Moment schaffte ich es, meine sieben Sachen auf den Bahnsteig zu werfen, dann im wirklich allerletzten Moment hinterher aus dem bereits abfahrenden Zug zu springen und für die filmreife Szene von einigen amüsiert grinsenden Reisenden Standing Ovations zu ernten. Ich verbeugte mich zu allen Seiten, sammelte meine Habseligkeiten ein, stülpte mir meine Sonnenbrille über und betrat endlich Genua!

Heute erlaufe mir die Stadt. Abgesehen vom wunderschönen alten Bahnhof ist Genua vornehmlich laut, dreckig und stinkt. Nur einige alte Gebäude aus dem vorletzten Jahrhundert mit reichlich abbröckelndem Putz erzählen vom einstigen Charme dieser Stadt. Gegenwärtig wird vornehmlich mit Stahl und Beton und dem Fokus auf Funktionalität gebaut. Das Ganze übrigens umgossen von ohrenbetäubendem, allgegenwärtigem Autoverkehr.

Der Hafen ist bestimmend in der Stadt und zieht mich magisch an; weist er doch schon meinen nächsten Schritt hinüber nach Korsika. Jachten, Fähren, ein paar wenige Fischerboote und nochmals Jachten schaukeln dort nebeneinander her. Das Meer ist zu sehen, aber nur von ganz weit oben. Stetig wie geduldig schiebt es riesengroße Tanker und Frachtschiffe übers Wasser. Baden sei hier verboten, erklärt ein überdimensionales Schild. Ich muss lachen bei der irrwitzigen Vorstellung in dieser Brühe schwimmen zu gehen.

Und trotz des ganzen Getöses um mich herum beginne zu erahnen, dass dies genau die Art zu Reisen ist, nach welcher ich schon lange suche. Ich wittere das Gefühl der Unendlichkeit, des Grenzenlosen. Dies ist kein Urlaub mehr. Dies schmeckt nach Freiheit. Und ich bade in der erhebenden Gewissheit, dass all dies erst der Anfang ist. Der Anfang einer großen, unendlichen Reise in unbekannte Welten voller Abenteuer.

5 König von Korsika

Was soll ich sagen? Ich bin verliebt. In Marie, na klar. Zudem aber auch in eine Insel. Eine Insel, die weit mehr als nur zwei Berge ihr Eigen nennt und das tiefe, weite Meer.
Im 17. Jahrhundert, so hörte ich, habe es schon mal einen deutschen Abenteurer gegeben, welcher auf Korsika weilte und – ich weiß nicht, wie er das nun genau angestellt hat, aber das kriege ich auch noch raus - man machte ihn damals kurzerhand zum König von Korsika.
Dem einzigen übrigens in der ganzen Inselgeschichte. Bislang.
Seine Ära währte nicht lang, bloß ein knappes Jahr. Doch immerhin. Wahrscheinlich ist er danach auch weitergezogen, nach Sardinien und Sizilien zum Beispiel, war auf Weltreise und hatte einfach keine Zeit mehr zum König sein. Das ist nur zu verständlich.

Die trutzigen wie eigensinnigen Korsen und ihre süße Insel gefallen mir nach all dem Großstadtgebaren Genuas, welches ich nach drei Tagen Streiftouren durch die Stadt mit der Nachtfähre verließ, außerordentlich gut. Korsika, der Name also, soll ja abstammen vom phönizischen Begriff *korsai* und das bedeutet schlicht und ergreifend m*it Wald bedeckt.*
Gut, denkt man da. Könnte auch der Teutoburger Wald bei Bielefeld sein. Oder wahlweise das Sauerland. Vielleicht hatte der Namensgeber aber von beidem noch nie gehört und so reichte es denn, *mit Wald bedeckt* zu sagen und schon wussten alle Bescheid. Damals zumindest. Auf Korsika.
Gar nicht auszudenken, was zum Beispiel bei einem Rendez-vous alles hätte schiefgehen können, wenn er bei *korsai* an Bielefeld denkt und sie an eine Insel im Mittelmeer: er also im strömenden Regen an der Bushaltestelle am Jahnplatz mit Pudelmütze und

Gummistiefeln, sie mit nicht viel mehr als Sonnenbrille und Flipflops bedeckt am Strand von Bonifacio vor sich hin räkelnd. Beide endlos wie vergeblich wartend und verständnislos vor sich hin murmelnd „…aber er/sie hat doch ganz eindeutig *korsai* gesagt!".

Andere historische Belege wiederum wollen wissen, das Wort Korsika stamme vom Begriff *kalliste* (griechisch) ab, was nicht viel weniger als *die Schönste* bedeutet. Auch hier sind Verwechslungen natürlich nicht ausgeschlossen. Es soll deswegen auch schon zu üblen Streitereien unter Korsinnen gekommen sein, so sagt man hier. Für den Tourismus ist letztere Bedeutung sicherlich weitaus zuträglicher als einfach bloß *mit Wald bedeckt.*

Wie auch immer: ein lustiges Völkchen, diese Korsen. Sofern man sie denn überhaupt trifft. Dazu ist ein Ausflug in die Berge und Dörfer unerlässlich, denn in den Städten tummelt sich kaum einer von ihnen. Neulich traf ich beim Einkaufen einen echten Korsen aus den Bergen. Also nicht so einen sozialisierten wie François aus Ajaccio, der zu meiner großen Freude passables Englisch spricht, mich in der Hotelbar auf ein Glas einlädt und alles über meine Reisepläne wissen will und mir im Gegenzug Insidergeschichten eines Insellebens offeriert. Sondern einen alten Mann mit Bergstiefeln, gedrehtem Wanderstab, zerwuselten Haaren, speckigen bis dreckigen Jeans und allerlei Strohfasern, die sich hartnäckig an seine Fleecejacke klammern. Dazu ein zerfurchtes, sonnengegerbtes Gesicht, leicht vornübergebeugte Gestalt, offenbar schwerhörig, denn sein jüngerer Begleiter brüllt ihm freundlich aber bestimmt ins Ohr. Ich treffe dieses Original in einem Supermarkt und observiere ihn fasziniert eine Weile bei seinem Einkauf, welcher vornehmlich aus reichlich korsischem Bier und allerlei Konservendosen besteht.

Die längste Zeit der Inselhistorie gehörten die Korsen nicht sich selbst. Auch heute nicht. Formell gesehen zumindest. Griechen, Römer, Sarazenen, Italiener, alle hatten abwechselnd mal den Daumen auf dem trutzigen Völkchen, welches sich aber immer wieder und durchaus massiv für ihre Unabhängigkeit und gegen jedwede Art von Fremdherrschaft aufbäumte. 14 Jahre lang, nach erbitterten Aufständen gegen Bevormundung wohlgemerkt, waren sie sogar vollständig autonom, bis sie schlussendlich doch wieder unter die Knute der Italiener fielen. Und schließlich, vielleicht auch wegen ihrer ungebrochenen Aufmüpfigkeit lästig geworden, wurden sie verkauft. An Frankreich. So kann`s gehen. Man erduldet diesen Umstand heutzutage mehr schlecht als recht. Sagt sich einerseits, dass die Insel immer wieder so übelst verarmt gewesen sei, dass es über die Jahrhunderte zu regelrechten Völkerwanderungen aufs italienische wie französische Festland kam, da man meinte, dort eine bessere, weil stabilere Lebensgrundlage aufbauen zu können. Andere, wie vielleicht der Schwerhörige im Einkaufzentrum, haben die Insel nie länger verlassen als ein paar Tage, schätzen Haus und Grund, welches ihnen niemand wegnehmen kann und sie mehr oder weniger nährt. Und nehmen dafür das Fuder Stroh auf der Jacke wie auch die ungeduldigen Blicke der Kassiererin beim Abzählen der Münzen und Scheine locker mit in Kauf. Gibt schließlich Schlimmeres.

Vielleicht lieben sie ihre Insel aber auch, weil sie schlichtweg Heimat bedeutet. Weil sie hier geboren sind und die Ausblicke auf Berge und Meer so sehr schätzen, dass sie sich nie wirklich etwas anderes vorstellen konnten und wollten. Waren sogar in jungen Jahren einige Male wie François zum Arbeiten auf dem Festland und sind dann aus Sehnsucht zurückgekommen mit dem Resümee, dass Geld eben doch nicht alles ist. Wer weiß.

Andererseits schätzt man durchaus die Vorteile, an Frankreich abgebunden zu sein. Vor allem in wirtschaftlicher Hinsicht. Allein auf sich gestellt, so behaupten die Kritiker der Autonomie, habe Korsika gar keine Chance.

Wie so oft bei Insulanern anzutreffen, pflegt man die liebgewonnenen Eigenheiten und Schrullen, Gepflogenheiten und Riten ebenso sehr, wie zum Beispiel das korsische Bier aus Kastanien und die würzigen Schinken der Wildschweine.

Eingerahmt wird das eigentümliche Inselgeschehen von Bergen, die ihren Namen verdienen, dem schon erwähnten Wald, kleinen Buchten, Bergdörfern und allerlei Hafenstädtchen. Ich reise mit der örtlichen Bahnlinie über die halbe Insel und bestaune die an mir vorüberziehenden schroffen Berge und saftigen Wiesen. Es ist einfach schön hier und ich bin sehr glücklich, Korsikas Schätze endlich mit meinen eigenen Augen zu sehen.

Zudem ist es warm. An meinem Abreisetag in Berlin regnete es Hunde und Katzen – echt wahr - und abgesehen von Maries schmerzlich vermissten Küssen bin ich heilfroh, all dies inklusive den mit voller Wucht nahenden Herbst mit dem Betreten des ICEs hinter mir gelassen zu haben. Zudem komme ich Tag für Tag ein Stückchen mehr in meinen geliebten wie ersehnten Traveller-Modus, welcher mich Zeit und Raum weitestgehend vergessen lässt und alle Sinne öffnet für die Wunder um mich herum. Und weil Reisen bei mir auch immer durch den Magen geht, schlemme ich ausgiebig und mit Genuss sonnengereifte, korsische Tomaten, Feigen frisch vom Baum gepflückt und dem unschlagbaren Grande Café au Lait, der mir hier *tres charmant* jeden Morgen versüßt.

Außerdem schreibe ich. Finde endlich genug Muße für das Spiel mit den Klängen und Farben der Worte und all den Geschichten auf dem Weg. Am liebsten sitze ich dafür auf der Terrasse meines bezaubernden korsischen Domizils. Toms Tochter hatte mich verpflichtet, mir unbedingt ein Roulette, eine Art Tiny House auf Rädern im Südwesten der Insel zu mieten. Mein Versprechen habe ich nicht bereut. Die fröstelnden Franzosen sind schon lange abgereist und außer mir trauen sich Anfang Oktober nur noch die wetterfesten Schweden und ein paar Deutsche auf einen Campingplatz. Und ins Meer. Letzteres übrigens gerade mal 30 Schritte von meinem Roulette entfernt. Und wunderschön.

Meine Tage enden hier mit einem fulminanten Grillenzirpkonzert, knusprigem Baguette und einem korsischen Käse, bei dem selbst Asterix und Obelix ohnmächtig würden. Später in der Nacht bestaune ich den unendlichen, atemberaubenden Sternenhimmel. Beim Aufwachen höre ich durch das weit geöffnete Fenster wahrhaftig das allgegenwärtige Meeresrauschen und beginne langsam zu begreifen, was es mit der Formulierung *Leben wie Gott in Frankreich* auf sich hat.

Und Marie? Ist immer mit dabei. In meinen Gedanken. In meinen Gefühlen. Außerdem startete bereits am ersten Reisetag eine wahnsinnige Odyssee von WhatsApp-Nachrichten zwischen uns. So ist sie einerseits weit weg und doch stets ganz nah bei mir. Sie schickt Herzchen, Küsschen und ich? Herze und küsse umfangreich zurück, garniert mit ein paar Schnappschüssen von Schiffen, Sonne und Meer. Bei kühlen sechs Grad und Nieselregen in Berlin kann Marie gar nicht genug davon bekommen.

Meine Geliebte ist auch mit dabei auf meinen ausgiebigen Streifzügen durch die Natur und einige Tage später am äußersten Südzipfel der Insel bei Bonifacio, einem uralten an Felsen gebauten Hafenstädtchen mit seiner völlig irren, kilometerlangen Kalkformation, an deren Füßen das Meer seit Ewigkeiten wild und gierig tobt. Stundenlang stromere ich durch die kleinen engen Gassen, entdecke halbverfallene Torbögen, windschiefe Dächer, urige Lädchen und mindestens zehn Millionen Katzen in allen

Schattierungen, welche sich hier eines entspannten da autofreien Lebens erfreuen.

Bonifacio, die Stadt auf dem Felsen und aus Felsen gebaut, gleicht einer stolzen Bastion hoch oben über dem leuchtend blauen Meer. Wer sich ihr näherte, musste in früheren Zeiten damit rechnen, schon von Weitem gesichtet und erschossen, oder wenig später beim Anlegen erschossen, doch aber spätestens beim verzweifelten Versuch, die mehr als dreißig Meter hohe Burgmauer zu erklimmen umgelegt zu werden. *Uneinnehmbar,* wie ich auf der Inschrift an der Burgmauer lese, trifft es zielsicher und auf den Punkt. Nur die Touristen werden ausnahmsweise weitestgehend beim Erklimmen nicht erschossen, sondern erduldet. Schließlich bringen sie viel von dem begehrten Geld mit. Denn wer hier wohnen und essen will, muss kräftig in die Taschen greifen.

Ich gönne mir das große Vergnügen, in einem der mit am höchsten stehenden, uralten Häuser der Altstadt Quartier zu nehmen. Dafür musste ich zwar nicht die Burgmauer erklimmen, aber eine Treppe, die einen verdammt ähnlichem Baustil aufweist und summa summarum 40 Stufen mit annähernd 80 Grad Steigung ihr Eigen nennt. Oder eben Gefälle. Je nachdem, in welche Richtung man fällt. Oder steigt. Mit einem 20 Kilo-Rucksack ist das schon eine sportliche, wenngleich lohnenswerte Aktion. Oben angekommen im *Chambre Vue sur la Mer* werde ich mit einem atemberaubenden Blick auf die Altstadt, den Hafen, die kilometerlangen Kalkfelsen belohnt und feiere mein Leben.

Bonifacios uralte Mauern strahlen etwas Beruhigendes und zugleich Aufregendes aus. Zudem flüstern sie dem Lauschenden ihre atemberaubende Geschichte ins Ohr. Das urkundlich erfasste Geburtsjahr der Stadt war 828 n. Chr., doch die erste Besiedelung fand nachweislich schon vor rund einer Million Jahren vor unserer Zeitrechnung statt. Die Bauherren hatten sich stets erlaubt, vollkommen eigenwillige, bisweilen verschrobene Häuser zu errichten, welche in Deutschland beispielsweise nie und nimmer zulassen worden wären. Hier aber geht's, voilà ! – und das verleiht dieser Stadt ein äußerst individuelles, fast schon unbeschreibliches Flair.

Zum Beispiel sind die durchweg schrägen Häuser in den oberen Stockwerken mit kleinen Stegen verbunden. Vielleicht, um seine Katze darauf zum Nachbarn laufen zu lassen? Oder zum Stelldichein mit der Nachbarin zu gelangen? Oder um sich stets mit allen anderen verbunden zu fühlen? Oder den Eintopf zum Abkühlen eine Weile an die frische Luft zu stellen? Jedenfalls nutzen einige Stadtbewohner diese Stiegen vielfach für Letzteres. Ich fühle mich in diesem Örtchen sofort wie zuhause, tauche während meines Aufenthalts tief ein in das Stadtleben und werde kurzfristig Teil dieser trutzigen Gemeinschaft auf dem imposanten Kalkhügel.

Von hier aus ist sogar schon Sardinien zu sehen, was meine Vorfreude auf die nächste Reiseetappe zusätzlich befeuert. Sardinien, die Karibik des Mittelmeeres, wie man so sagt, liegt mir ganz besonders am Herzen. Doch das nicht nur etwa wegen der dort zu bestaunenden Flora, Fauna, den Stränden und den regionalen Schlemmereien. Auf Sardinien wird sich das Unfassbare ereignen: genau dort werde ich Marie wieder leibhaftig in meinen Armen halten und ganz unvirtuell küssen und herzen.

Schon an meinem ersten Tag in Genua schrieb sie, was ich denn davon hielte, wenn sie sich demnächst mal etwas Urlaub nähme und mich besuchen käme. Auf Sardinien sei sie übrigens noch nie gewesen. Ohne Vorwarnung tropften Freudentränen in meinen Cappuccino, dann kam ich aus dem Lachen nicht mehr heraus und antwortete mit einem einzigen, riesengroßen JA. Zugegeben, ich war neben all der Reiselust und Abenteuervorfreude auch traurig darüber, Marie nun nur noch via WhatsApp oder Skype zu begegnen. Sie nie mehr fühlen, geschweige denn küssen zu dürfen und stattdessen jeden einzelnen Tag nur weiter weg von ihr zu gehen war schwer zu verdauende Kost. Schon in Genua hat diese Aussicht begonnen mir das Herz zu zerreißen. Ahnungslos, wie ich damit im Weiteren umgehen sollte. Würde der Schmerz vergehen? Würde ich daran zerbrechen? War Liebe nicht eigentlich viel wichtiger als Reisen? Löst sich die Verliebtheit in einigen Monaten eh in Luft auf? Sollte ich nicht froh sein, mit meiner Abreise einen sich selbsterklärenden Schlussstrich unter diese 3er-Kiste ziehen zu können? Sollte ich einfach und ohne Umwege zu ihr zurückkehren? Und vor allem: was würde der genuesische Hafenarbeiter zu alldem sagen?

Mit Maries Urlaubsvorschlag schmolzen all meine Sorgen und Fragen dahin. *JA!* schrieb ich, und dass ich liebend gern an jedem Hafen dieser Welt auf sie warte. Ihre Ankunftszeit war rasch notiert und ein hübsches kleines Appartement für uns zwei in Alghero bereits gebucht.

Schon ist der letzte Tag auf Korsika angebrochen. Und ich? Sitze überglücklich am Hafen auf meinem gepackten Rucksack und schaue bewegt meiner nahen Zukunft entgegen. Schon in einer knappen Stunde fahre ich mit MOBY von Bonifacio hinüber nach Santa Teresa Gallura auf Sardinien.

Dicke Wolkenberge türmen sich derweil am Himmel, es soll Regen geben. Sturm und Gewitter sind ebenfalls angekündigt. Doch bei der Aussicht, meine Liebste in schon wenigen Tagen wieder an mein sehnsüchtiges Herz drücken zu können, ist mir das Wetter ausnahmsweise einmal vollkommen egal.

6 Sardinien, das kurze Kapitel

Sardinien war wohl die erste und auch einzige Station auf seiner gesamten Reise, welche mit seinen architektonischen, geographischen, kulinarischen und klimatischen Reizen vollkommen an ihm vorbeirauschte. Im Grunde hätte ihn MOBY auch am Nordpol ausspucken können, er hätte es wohl kaum registriert. Was er aber sehr wohl erinnert ist dies: Marie. Die Tage bis zu ihrer Ankunft vergingen wie im Flug und waren allesamt auf die gemeinsame Zeit ausgerichtet. Er richtete das charmante Altstadt-Appartement zu einem gemütlichen Liebesnest her, kaufte allerlei Leckereien ein und gönnte sich abschließend noch einen Besuch beim örtlichen Barbier. In seiner Fantasie spielte er tausende Male die Szene durch, wie sie die Ankunftshalle betritt, ihn freudig anlächelt, auf ihn zukommt und er sie glücklich in seinen Armen willkommen heißt.

Und dann war er endlich da, der große Moment. Er fuhr los zum *Aeroporto di Alghero-Fertilia*, war viel zu früh da, bestellte Kaffee an der Bar, nahm einen Hocker genau gegenüber den Ankunftstür in Beschlag und fixierte im Weiteren deren stetes Öffnen und Schließen, um Marie bloß nicht zu verpassen.

Dann wurde endlich ihr Flug aufgerufen. Als letzter Passagier trat sie durch die aufschwingende Tür, ihr grüner Reiserucksack hoch über ihr aufragend. Sie wirkte müde und zerbrechlich und schaute irritiert in die Halle. Er lief auf sie zu, rannte fast und hüpfte voller Freude um sie herum wie ein aufgeregter, junger Hund.

Dann begann sie zu lachen, streifte ihren Rucksack von den Schultern und versank für die folgenden zwei Wochen zusammen mit ihrem Geliebten in einem einzigen DanundMarie.

Beide hatten sich immer nach vollkommener Nähe mit einem einem Partner gesehnt. Einer Nähe, die kein Platz mehr für auch nur ein einziges Blatt Papier zwischen ihnen ließ. Eine rückhaltlose Offenheit und Berührbarkeit ihre Gedanken, Gefühle und ihre beiden Körper betreffend. Auf Sardinien wurde diese bislang ungestillte Sehnsucht für Dan und Marie endlich gelebte Realität. Zwei Wochen lang schwebten die Liebenden in einer Wolke aus Glück. Sie feierten ihr Dasein und fühlten sich wie Könige, denen mit leichter Hand einfach alles zufiel. Alles zwischen ihnen war selbstverständlich. Ja, so selbstverständlich, dass sie ihr Glück oft gar nicht fassen konnten und sich wie die verzauberten Protagonisten in einem fantastischen Märchen vorkamen, denen man ganz unvermutet die Tür zum Paradies aufgestoßen hatte.

Sie liebten sich. Nicht nur bei Nacht und im Schlafzimmer. Nicht nur ihre Körper und jeden Zentimeter nackter Haut. Sie liebten sich ganz und gar und versprühten ihr Glück aus jeder einzelnen Zelle.

Oft war Dan derjenige in Liebesbeziehungen gewesen, welcher hemmungslos seine Gefühlswelt offenlegte. Der sich Hals über Kopf als *fou d'àmour* präsentierte und seinem Verrücktsein vor Liebe großzügig freien Lauf gewährte. Die jeweiligen Frauen an seiner Seite zeigten sich diesbezüglich stets weitaus zurückhaltender, was er anfangs oft geheimnis- wie reizvoll, später meist bloß langweilig bis schmerzhaft fand. Christin meinte dazu, sein leidenschaftliches Gehabe passe nicht zu einem Mann und Frauen fänden das im Allgemeinen übrigens so unsexy wie ein glattrasiertes Kinn.

Doch das war Dan egal. Letztendlich hatte er auch keine echte Wahl. Wenn er verliebt war, dann nie zu weniger als 150 Prozent. Wenn er verliebt war, drehte sich alles in seinem Leben um Liebe. Er fühlte Liebe, dachte Liebe, aß und trank Liebe und atmete Liebe in jeder einzelnen Sekunde. Er liebte es zu lieben und jubilierte darüber, dass Marie ganz offenbar diesbezüglich ganz genauso tickte wie er selbst.

Diese Frau ist ein Traum. Mein Traum. Mein Gott, sie ist so zart und so wild zugleich. Sie erforscht meinen ganzen Körper bis in den kleinsten Winkel und will alles von mir wissen. Sie schläft die ganze Nacht eng an mich geschmiegt. Und natürlich unter einer Decke mit mir. Sie trinkt mit mir Milchkaffee am Morgen auf dem Balkon. Erzählt mir, was sie geträumt hat in der Nacht. Sie riecht so gut. Sie sagt *Yoni* zu ihrer Vagina, was so viel heißt wie *Heiliger Raum* oder auch *Quelle der Schöpfung* und ist wohl die erste Frau, welcher ich begegne, die ihr Genital wie auch ihren ganzen wundervoll sinnlichen Körper zutiefst liebt, annimmt und wertschätzt.

Sie zeigt mir, wie und wo ich sie berühren soll und ich bin ihr wissbegieriger, gelehriger Schüler. Sie hat so viel Lust auf Lust und gibt mir zudem die Gewissheit, dass sie mich wirklich will. Sie erklärt die Annahme, dass Männer mehr und öfter Lust auf Sex hätten als Frauen kurzerhand für einen dummen Mythos, welcher nur dadurch entstanden sei, dass Frauen über Jahrhunderte Sex auf eine Art und Weise ge- und erlebt hatten, die zwar den Männern, aber nicht unbedingt ihnen, den Frauen selber, gefiel. Wer nicht bekommt wonach er oder sie verlangt, fragt nun mal nicht nach Nachschlag. Umgekehrt seien Frauen, die wirklich den Sex leben, welchen sie sich ersehnen, nicht zu bremsen, erklärt sie und küsst mich zum wahnsinnig werden. In ihr zu sein wird zu meiner absoluten Erfüllung. Es ist viel mehr als vögeln. Ich fühle mich so vollkommen angenommen und angekommen. Ich fühle mich satt. In Frieden. Voller Ruhe. Voller Kraft. Und voller Liebe. In ihr zu sein öffnet mein Herz auf eine nie dagewesene Art. Ich will nirgendwo anders mehr hin. Ich lebe einen wunderschönen Traum, aus welchem ich nie wieder aufwachen will.

Eingehüllt in Deinen Körper liege ich.
Bade in Deinem warmen betörenden Duft.
Schmiege mich an Dich.
Tauche mit jedem Atemzug tiefer und tiefer in Deine Arme.
Lustvoll pulsiert jede Zelle unter Deiner Berührung.
Deine Augen sprechen von Verlangen und Liebe.
Dein Mund verschenkt bereitwillig unzählige Küsse.
Du nimmst mich auf und hältst und liebkost mich im Zentrum Deiner Lust.
Wiegst mich in Dir.
Wiegst Dich mit mir.
Zersprengst alle Grenzen mit dem großen Ja im Ursprung allen Seins.
Eins mit Dir.
Sein.
In Liebe.

Die Tage mit Marie vergehen wie im Flug. Am Tag vor ihrer Abreise gewittert es die ganze Nacht. Früh morgen erwache ich mit einem bewegenden Traum: Ich sehe mich selbst, wie ich Maries Rucksack öffne. Oben auf liegt ein Buch. Der Buchdeckel ist in orange und schwarz gehalten und zeigt in grob angedeuteten, schwarzen Strichen Menschen, welche hinter Bäumen hervorlugen. Hinter ihnen erkenne ich weitere Menschen mit in die Höhe gereckten Armen und weit aufgerissenen Augen, rückwärts fallend. Ich erschrecke zutiefst, schließe rasch den Rucksack und renne voller Panik aus dem Raum.
Dann wache ich auf, den Schrecken noch in allen Gliedern fühlend. Ich erzähle Marie von meinem Traum. Sie schweigt dazu, was ausgesprochen ungewöhnlich ist. Schaut mich nicht einmal an. Steht kurz später auf, um Kaffee zu kochen, während

ich im Bett sitzen bleibe und die ungewohnte Stille zwischen uns kaum ertragen kann.

Dann kommt sie zurück, zwei dampfende Tassen in den Händen, reicht mir eine davon, setzt sich neben mich, den Blick in die Weite aus dem Fenster gewandt und sagt „Ich habe Martin nichts erzählt. Von uns. Habe ihm erzählt, ich wäre segeln. Zwei Wochen Sardinien. Als Skipper. Mit Mads und ein paar Schülern." Ihre Stimme ist fast tonlos und ich verbrenne mir die Lippen am ersten Schluck Kaffee. Der zweite gelingt mir besser. Ich schaue hinaus aufs bewegte Meer mit den weißen Schaumkronen auf den Wellenkämmen. Eine leichte Brise weht herein. Ein Tag, wie er schöner kaum sein könnte. Eigentlich. Nur mein Herz ist mit einem Mal tonnenschwer.

„Du sagst nichts", bemerkt Marie. Ich sehe sie an. Ihre Augen blicken fragend, ängstlich. Nein, ich habe keine Worte. Schüttle bloß den Kopf. Natürlich habe ich mich zwischenzeitlich gefragt, was sie wohl Martin und den Kindern erzählt hat. Natürlich habe ich insgeheim gehofft, dass sie unsere so wundersame Begegnung nicht einfach unter dem Deckmantel einer heimlichen Affäre würde verschwinden lassen. Ich kann Lügen nicht ausstehen. Und will selber nicht Teil einer solchen sein.

„Wir leben seit zwei Jahren getrennt", erklärt Marie, „haben uns zuhause so arrangiert, dass wir uns weitestgehend aus dem Weg gehen und lediglich die Kinder aufteilen. Es ist nicht toll, ich weiß, aber es funktioniert zumindest. Dan, Liebster, es ist alles so frisch. Gib mir etwas Zeit, die Dinge zu regeln. Martin und ich hatten richtig beschissene Zeiten die letzten Jahre. Ich bin heilfroh um das kleine bisschen Burgfrieden, welches wir mühsam errungen haben. Und ich will gerade nicht schon wieder Öl ins Feuer gießen. Verstehst du das nicht?!"

Natürlich verstehe ich. Und fühle gleichzeitig einen Stich mitten ins Herz. Nein, ich möchte wahrlich nicht in ihrer Haut stecken.

Ich habe verdammtes Glück. Denn ich bin frei. Und niemanden verpflichtet. Muss niemanden mit meiner Wahrheit verschonen, mir keine Geschichten ausdenken. Muss keine Angst haben, irgendwann doch einmal beim Lügen ertappt zu werden. Nein, in Maries Haut möchte ich wahrlich nicht stecken.

Ich stelle die leere Tasse zur Seite und nehme sie ganz fest in meine Arme, küsse sie aufs Haar und murmle „Ich liebe dich". Mein allererstes *Ich liebe dich* für Marie. Es ist die Wahrheit. Ich liebe sie. Einfach so. Egal was sie tut oder sagt. Ich bin kein Idiot. Bin nicht wirklich überrascht von dem was sie mir da erzählt. Habe es einfach genossen, die andere Hälfte ihrer Realität für eine kleine Weile auszublenden. Und jetzt? Ich weiß es nicht.

Die Zeit bis zu ihrem Abflug vergeht schnell. Viel zu schnell. Ich spüre ihre Unruhe und dass sie in Gedanken schon wieder ein Stück weit zuhause ist. Weg von mir. Ich lasse sie dort. Und küsse sie. Schmecke den ungewohnten Beigeschmack von Wehmut auf ihren Lippen. Ob ich sie wiedersehe? Wir sprechen nicht die letzte Stunde am Flughafen. Dann wird ihr Flug zum allerletzten Mal aufgerufen. Sie schultert ihren Rucksack, umarmt mich und flüstert mir ins Ohr „Ich liebe dich, Dan. Wir sehen uns wieder". Sie macht sich los. Und geht. Mein Herz bleibt sekundenlang stehen. Ich spüre meine aufsteigenden Tränen. Im nächsten Moment drehe ich mich um, bringe das Auto zurück zur Mietstation und fahre mit dem Bus in die Stadt, um meine sieben Sachen zu packen. Will keine Sekunde länger an dem Ort sein, der so durch und durch getränkt ist von ihr und mir. Will nicht weinend am Küchentisch sitzen und an Bettlaken schnuppern. Stürze mich stattdessen umgehend in Aktivität. Buche mir noch für den Nachmittag ein Ticket nach Calgari, um von dort die Abendfähre rüber nach Sizilien zu nehmen, der Insel, von der man sagt, man könne Italien nicht verstehen, solange man nicht auf Sizilien gewesen sei. Also nach vorn schauen. Und nichts wie hin.

7 Palermo und Stromboli- die ungleichen Schwestern

Zunächst einmal ein paar lobenswerte Worte über Palermo. Denn das muss sein. Palermo ist nämlich eine echte Überraschung. Palermo ist schlichtweg bezaubernd.

Palermo lädt sofort ein, sich über allerlei Kleinigkeiten aber auch über Großartiges zu freuen: über Leben und Menschen, über schöne alte Häuser, goldene Kuppeln, prunkvolle Statuen, blühende Gärten, alte Pflastersteine und über die Sonne des Südens, welche auch Anfang November warm auf meine Haut scheint.

Ich bin so froh und dankbar, hier in der einmaligen Fußgängerzone Palermos im Café Maceda ohne Frostbeulen DRAUSSEN!!!! zu sitzen und zu schreiben, - ja, genauso hatte ich mir das vorgestellt! - während eilige Mönche, singende Schulklassen, nervös hupende Motorroller, große und kleine Menschen aus aller Herren- und Frauenländer sowie verspielte tapsige Hunde, welche noch meinen, stets mit ihrer Leine ringen zu müssen, an mir vorbeiflanieren.

Freuen aber auch über alle lokalen Köstlichkeiten wie zum Beispiel den wirklich besten Cappuccino der Welt (viel besser übrigens als in Genua) und dazu ein zartschmelzendes Cornetto Crema, oder über völlig irre Wochenmärkte zu stromern mit sage und schreibe allem, was man sich vorstellen kann. Aber auch mit Dingen, die man sich nicht wirklich vorstellen kann, sondern einfach unmittelbar erleben muss: den größten wie auch kleinsten Fischen, lebendigen Schnecken, welche im angemessenen Tempo versuchen, eben noch mal ihrem Schicksal zu entkommen, frischen köstlichen Bergpfirsichen, blutroten saftigen Granatäpfeln, knackigen grünen Oliven, die wie Pralinen schmecken, unglaublich genialer Focaccia, singenden wie schreienden Marktverkäufern und ja, sogar die Zeugen Jehovas sind hier unterwegs und preisen ihre Waren an. Das Ganze geschwenkt in einem leichten Sugo aus quirliger Lebendigkeit mit Sonnenbrillen und Multikulti, serviert auf einem bunten Bett aus Straßenständen, garniert mit Livemusik und dazu einem vollmundigen wie verwirrendem Netz aus Gassen und Gässchen. Das alles gefällt mir. Sehr sogar. Ich tanze mit in diesem pulsierenden Pfuhl, genieße Tomate-Mozzarella mit Tomaten, welche wirklich nach Tomaten schmecken, voll reif und hocharomatisch und einem Mozzarella, wie man ihn einfach doch nur in Italien bekommt. Das Ganze garniert mit einem frischen Pesto Genovese und schon ist der Genuss perfekt. Man soll ja an sich nicht vergleichen ABER Palermo ist vom Flair her ähnlich wie Berlin. Nur eben in sehr viel wärmer.

Meine Gastgeberin Maddalena auf Sardinien warnte mich eindringlich vor Palermo. Flüsternd wie ehrfürchtig raunte sie mir beim Frühstück zu „Palermo ist gefährlich". Ich fragte hinter vorgehaltener Hand „Wegen der Mafia?". Sie grinste bloß vielsagend und zuckte die Schultern.
Si claro, hier laufen so einige spezielle Gestalten herum, welche vom Outfit her an Kreuzberg Mitte der 80er an einem echt schlechten Tag erinnern und dabei höchst grimmig in die Gegend schauen. Doch das macht mir nichts. Ich bin hier als Freund unterwegs und erwarte, dass man wie frau mir ebenso begegnet - e voilà: Es klappt vortrefflich. Vielleicht etwa sogar überall auf der Welt? Wir werden ja sehen….
Nebenbei bemerkt, die Mafia hatte übrigens, so fand ich heraus, *früher* mal hier ihre Hochburg. Es sei dem engagierten Kampf und Widerstand der Palermitaner gegen die Machenschaften der Mafia zu verdanken, dass letztere hier weitestgehend ihre Posten geräumt und ihren Hauptsitz nach Catania verlagert hat. Was sie

dort treibt, entzieht sich meiner Kenntnis. Und so wird es auch bleiben, denn nach Catania will ich eh nicht.

Bei meinen Streifzügen durch diese schöne Stadt habe ich etwas gänzlich Neues entdeckt. Nämlich die Antwort auf die Frage wofür Touristen eigentlich gut, ja, warum sie sogar essentiell sind. Man könnte ja meinen, Touristen sind bloß eine gewinnbringende Erfindung der Reisebranche und eine an sich völlig unnütze Spezies, da sie eh immer nur im Weg stehen, Stadtpläne in ganzer Größe ausbreiten und falsch herumdrehen und wenden und einem mit ihrem permanenten Fotoknipserei und ihren Fragen nach Bahnhof, Denkmal und Museum einfach nur auf die Nerven gehen. Aber nein! Touristen sind notwendig! Warum? Weil sie dafür sorgen, dass die Schönheit alter Steine und Mauern immerfort weiter bewundert wird und damit auch erhalten bleibt.

In jeder Stadt der Welt laufen diejenigen, welche schon lange dort leben, mit ihren Milchtüten, Klopapierrollen und 2,5 kg Tüten festkochenden Kartoffeln tagtäglich und irgendwann achtlos an genau diesen Schönheiten einfach nur noch vorbei. Man schaut mehr aufs Handy, grüßt im Vorbeigehen schnell den Nachbarn, ist permanent in Eile, und nimmt gerade noch das wahr, was auf Augenhöhe sichtbar ist. Wenn überhaupt. Ganz natürlich und normal, denn wir filtern laufend und blenden aus, was aktuell nicht wichtig scheint. Wohlgemerkt: scheint!

Ein berühmter Hirnforscher hat kürzlich verlauten lassen, wenn wir alles wahrnehmen würden, was um uns herum geschieht, würden wir verrückt, was zur Folge habe, dass wir uns letztlich nur 2 Prozent dessen, was um uns kreist und tobt wirklich bewusst sind. 2 Prozent!!! Und der Rest? Wird kurzerhand ausgeblendet. Ein Rest aus lockeren 98 Prozent, um das einfach nochmal in Zahlen zu präsentieren. Ein Wahnsinn!!! Was hat das nun mit den Touristen zu tun? Nun, erst die Touristen, die zum Glück nicht etwa hastig auf dem Weg zur Arbeit sind, die Kinder in die Kita bringen, zum Zahnarzt oder gar abwaschen müssen, weil sie ja eh keine Küche haben, sondern nur ein Hotelzimmer, finden Zeit und Muße, diese außergewöhnlichen Schönheiten ausgiebig zu würdigen. So können sie stundenlang im Café zu sitzen oder auf der Parkbank und zur Abwechslung zum Beispiel mal nach oben zu schauen und die wundervollen Skulpturen an den alten Häuserwänden würdigen und bestaunen. Oder sich Geschichten ausdenken zu den alten Mauern, welche mindestens 200-mal übergestrichen und noch öfter ausgebessert, über 1000 Jahre alt sind, Kriege, Siege, Liebe sowie Verlust und Verderben erlebt, mitgelitten, ausgehalten, sicherlich auch allerlei Putz und Steine gelassen haben auf dem langen Weg durch die Zeit. Haben kleine und große Menschen aufwachsen sehen, ihnen Schutz und Sicherheit gegeben, haben unterschiedliche Kulturen und Völker beherbergt und zum Anbeten diverser Götter und Götzen hergehalten. Und sind doch geblieben, unauslöschlich, ewig. Genau dieser Reichtum an Geschichte und Geschichten, wie auch die Liebe zum Detail einer jeden kulturellen Epoche machen ihre Schönheit wie auch ihre Magie aus. Und nur die geschätzten Touristen verfügen über ausreichend Zeit, all dies zu erhaschen, zu belauschen, sich Geschichten erzählen zu lassen von den Mauern selbst oder dieser blondgefärbten Frau mit dem knallroten Lippenstift und ebensolchem Regenschirm, hinter welcher eine 30-köpfige Reisegruppe aus Holland hinterherläuft wie die Gänseküken hinterm Verhaltensforscher. Ja, wären die Touristen nicht, hätte man all diese maroden Schönheiten wahrscheinlich längst abgerissen, weil sie weder praktisch, hygienisch noch irgendwie modern sind und überdies auch nicht dem Selbstverwirklichungswahn des Architekten und dessen Ehefrau genügen. Der wollte nämlich genau dieses alte halbverfallene Haus da vorne längst dem Boden gleich gemacht und stattdessen einen Betonklotz dorthin platziert haben. Mit Fenstern bis zum Boden und Fußbodenheizung. Der böse Denkmalschutz kam ihm aber zuvor und hat diesem Frevel den Riegel vorgeschoben. Gut so.

Als ich eines Morgens mit meinem Ohr ganz dicht an ebenso einer Mauer lehne, höre ich, wie sie flüstert:

Meine Lider hängen schwer und schief in den rostigen Winkeln meiner Augen und auf meinem schüttren Haupt, die wirren Strähnen vom Sturm verweht.

Der alte klumpige Mantel rutscht mir von den müden Schultern und mein faltiges Gesicht ist voller Flecken, unter welchen blanker, roher Stein ungeschminkt hervorlugt.

Vor langer Zeit in unerschöpflicher Vielzahl an Größe, Form und Farbe den Landschaften entrissen, bilden von klein auf Knochen und Muskeln, zusammengeschmolzen allein vom Lehm der Jahrhunderte.

Tiefe Brüche ziehen sich durch mein Skelett bis hinein in meine knotigen Füße und das hochgerutschte Beinkleid gewährt Einblick in die Katakomben und Geheimnisse aus anderer Zeit.

Uralte vielfach verdrehte Arme reichen herüber zum Nachbarn, welchem ich in vielem gleiche.

Und doch bin ich anders Dank des Schaffens der unermüdlichen Hände des Mannes, welcher mich erbaut.

Warum ich hier so stehe, fragst du mich?

Nun, ich liebe, wer mich berührt, meinen Geschichten lauscht und wachsam vor mir innehält. Beruhige aufgewühlte Seelen und flüstere ihnen sanft tröstend zu, dass doch alle Geschichten und Begebenheiten ewig und ewig weiter gehen, seit langer Zeit schon, vor uns schon da waren und vielfach erzählt und auch in alle Zeit hinein erzählt werden.

Sorge dich nicht, flüstern wir denen zu, die uns lauschen.

Lebe und lebe. Du bleibst ja doch. Genau wie wir.
Sind schon so alt, viele Jahrhunderte, sind immer noch hier.
Verändern uns, bröckeln ab, unzählig ausgebessert, übermalt und
bleiben doch im Kern was wir stets warn und sind.
Atmeten lange schon vor dir den trockenen Staub der Zeit. Haben
alles gesehen, all die Kriege und Hungersnöte, all die Könige, die
sich erhoben und wieder fielen, die spielenden Kinder, die Alten
und Verliebten, die Jahreszeiten wie auch den Morgen und jede
Nacht.
Tragen unsere Schrunden und Narben, tragen sie mit
ungebrochner Würde und Stolz, einer Königskrone gleich. Und
gründen tief, tief hinein bis zum Mittelpunkt der Erde, wohin alle
unsere Wurzeln reichen und uns halten, während wir nach oben
in den unendlichen Raum hinein uns recken und in der Nacht die
unzähligen Sterne über uns bestaunen.
Und wissen, dass alles, was wir einst erlebt, uns unerschütterlich
gemacht gegenüber jenem, was noch kommen mag.
Wir bleiben, ganz gleich was geschieht.
Und trösten.
Und halten und schützen die, die mit uns leben.
Wir bleiben aufrecht, trotz tosend heulendem Sturm.
So denn, komm nah und näher, schenk uns Herz, Hand und Ohr
und alle Sinne und lausche still dem alten Lied, das jedem klingt,
wer uns erhört: Sei unbesorgt. Lebe. Lebe!

Nach vier Tagen Palermo bin ich stadtsatt, habe zudem genug von
meinen Ablenkungsmanövern, sehne mich nach Meer, Natur und
Ruhe. Und auch nach Marie. Per Bahn reise ich nach Milazzo, um
von dort aus mit der Fähre auf die kleinste der Liparischen Inseln
zu reisen: nach Stromboli. Ein Sturm zieht auf während der
Überfahrt und Windstärke sieben spiegelt naturgetreu meine

eigentliche innere Verfassung wider. Ich bin aufgewühlt wie das Meer. Ausgerechnet kurz vor der Weltreise einer großen Liebe zu begegnen ist nicht ohne. Marie hockt wieder im Büro, schreibt sie. Und mit ihrer nichtsahnenden Familie am Abendbrottisch, füge ich in Gedanken hinzu. Neben all dem schlittere ich mitten im Mittelmeer mit Vollgas auf einen spuckenden, fauchenden Vulkan zu.

Die dunklen Rauchwolken kann ich schon von fern sichten, denn Stromboli ist auch gegenwärtig äußerst aktiv und hat in den vergangenen Jahren vielfach von sich reden gemacht. Würde ich nochmal studieren, wäre es eindeutig Vulkanologie. Diese einzigartige Bewegung und Transformation von fester Materie mit seiner unglaublich urwüchsigen Kraft fand ich schon immer wahnsinnig faszinierend. Wie wundersam es doch ist, dass der Planet, über welchen wir tagtäglich so arglos wandeln, innerlich siedend heiß und flüssig vor sich hin blubbert. Stromboli besteht abgesehen von zwei winzigen Orten vornehmlich aus Vulkan. In San Vincenzo habe ich Quartier bezogen und scheine zu dieser Jahreszeit der einzige Gast zu sein. Hautnah will ich hier erleben, wie sich das Leben an so einer Naturgewalt anfühlt. Und dringend wieder ein Stück weit bei mir selbst landen.
Die Insel umgibt eine sehr eigene Aura und nicht zufällig denke ich an Rossellinis Verfilmung von 1949 mit Ingrid Bergmann in der Hauptrolle, welche hier als *Karin* nach Jahren der Kriegsgefangenschaft strandet und dies allein nur deswegen, weil sie unterwegs den Fischer Antonio heiratet. Der bringt die junge Frau nämlich mit in seine Heimat. Nach Stromboli. Das Leben ist nicht einfach hier. Damals wie heute. Wer nicht auf dem Eiland geboren ist, bleibt ewig fremd. Egal wie viel Mühe er sich gibt, anerkannt, gesehen, aufgenommen zu werden. Im Film bricht zu allem Überfluss auch noch der Vulkan aus, Ingrid Bergmann irrt

zum Krater hinauf und fleht den Himmel an, ihr Antwort, Richtung, Trost zu spenden. Ihr Gesichtsausdruck am Ende des Films legt nahe, dass sie dort oben offenbar ein richtungsweisendes Zeichen bekommen haben muss. Von wem auch immer.

Stromboli ist eine winzige Insel - irgendwo abgeworfen im Mittelmeer. Weit und breit nur Wasser. Oft kommen die Fähren wegen zu starkem Seegang gar nicht bis hier her. So ist man weitestgehend auf sich selbst gestellt und den Launen eines überaus aktiven Vulkans ausgesetzt. Dazu gesellen sich Wind, Regen, karger Boden. Von Kargheit erzählen auch die Gesichter der Insulaner, sowie die spröde Bauweise der Häuser. Ja sogar das Lebensmittelangebot im einzigen geöffneten Lädchen ist karg: neben allerlei Dosenfood lungern verschrumpeltes Gemüse und schimmeliges Obst herum. Allein den Zwiebeln und Kartoffeln ist es egal, ob und wann sich jemand für sie interessiert.

Und ich? Kämpfe mit einer hartnäckigen Erkältung und trinke literweise Ingwertee mit Zitrone in der Hoffnung auf baldige Besserung. Der zunehmende innere Druck, die Situation mit Marie irgendwie klären zu müssen ist unleugbar, schlägt mir aufs Gemüt und nun auch auf meine Gesundheit. Nur wie? Tagsüber wandere ich wie Bergmann über die Insel auf der Suche nach Inspiration, nachts lausche ich dem polternden, fauchenden Vulkan. Ich vermisse meine Liebste so sehr. Es muss etwas geschehen. Sofort. Rufe sie an. Es ist bereits spät in der Nacht. Die Verbindung unterirdisch. Reißt andauernd ab. Ich verstehe nur ansatzweise, was sie sagt. Sie wirkt gestresst. Reagiert zu meiner großen Überraschung sogar etwas genervt auf meinen Wunsch nach Klarheit und Wahrheit mit uns beiden.

Nach zwei Stunden vergeblichem miteinander Redens lege ich erschöpft und mit noch mehr Halsschmerzen auf. Kann nicht schlafen. Und zum ersten Mal im Kontakt mit Marie fühle ich die Angst, sie ebenso schnell wieder zu verlieren wie ich sie gefunden habe. Spüre, dass sie mir nicht ihre ganze Wahrheit offenbart. Dass sie mir ausweicht.

Viele Monate später wird er sich sagen, dass er zu diesem Zeitpunkt vielleicht noch ohne größere Blessuren hätte die Reißleine ziehen können, ja sogar hätte ziehen müssen, um alles, was im Weiteren geschah, abzuwenden. Ebenfalls viel später wird er erinnern, wie sie auf seinen Wunsch nach gemeinsamer Zukunftsvision am Telefon kurz und knapp konstatierte, ihr Lebensmittelpunkt sei Berlin und überdies habe sie Familie. Erst später wird er die Bedeutung und das Gewicht dieser Worte erfassen sowie gleichzeitig nur noch darüber staunen, dass er zu diesem Zeitpunkt nicht umgehend aufhörte, an ein glückliches WIR zu glauben. Stattdessen akzeptierte er ihr Ausweichen, weil er sie weder unter Druck setzen noch sich von ihr endgültig verabschieden wollte, befragte sein Reiseorakel nach der nächsten Destination und machte sich bereits am folgenden Tag auf in weitaus gefälligere und wärmere Gefilde.

8 Zypern und die Liebe am Baum

In den herausfordernden Zeiten seines Lebens hatten ihn oftmals äußerst zuverlässig ganz pragmatische Tätigkeiten wieder auf den Boden der Tatsache gebracht. Unzählige Male war er dann hinüber zu Tom gegangen und hatte diesem beim Garten umgraben, Tomaten hochbinden und Regenrinne säubern assistiert. Hinterher war sein Kopf in der Regel klar und er wusste haargenau, welche Entscheidungen zu treffen, welche Wege im Weiteren einzuschlagen waren. Überzeugt, dass dieses Rezept auch auf Zypern funktionieren wird, organisierte er sich ein UgH, ein Urlaub gegen Hand, was im Allgemeinen fünf Stunden Arbeiten gegen frei Kost und Logis bei einem Gastgeber bedeutet.

Charlotte, die seit 20 Jahren auf der Mittelmeerinsel lebte, benötigte händeringend Unterstützung bei der diesjährigen Olivenernte. Zwei fest eingeplante Erntehelfer seien plötzlich ausgefallen. Und Ende November machten bereits die örtlichen Ölmühlen dicht. Der Kontakt zu Charlotte war schon am Telefon heiter, flüssig und so extrem leichtfüßig, dass man hätte meinen können, Dan und sie seien seit Jahren beste Freunde. Dan buchte seinen Flug nach Paphos gleich für den nächsten Tag. Sie holte ihn mit ihrem feuerroten Pickup ab, - warnte ihn umgehend, wenn er sie auch nur einmal Charlotte nennen würde, erhielte er umgehend Inselverbot, im Allgemeinen höre sie aber auf Charly -, und chauffierte ihn entlang einiger Highlights des Südwestens der Insel, um schlussendlich in ihrem kleinen Paradies, bestehend aus Oliven-, Mandarinen-, Avocado-, und Papayabäumen, acht verrückten Hühnern, vier eleganten Kois und zwei antiautoritär erzogenen Huskys zu landen.

Charly war Anfang 60, Pianistin aus Hamburg und vor 20 Jahren einmal wegen der Liebe zu einem gestrandeten brasilianischen Kapitän hier hängengeblieben, wie sie abends lachend erzählte. Der Kapitän war längst wieder auf den sieben Weltmeeren unterwegs. Sie dagegen hatte sich hier eine Existenz innerhalb einer quirligen, kreativen Community aus Künstlern und Aussteigern aufgebaut. Charly war ungemein herzlich und heiter, dabei weltoffen wie aufgeschlossen und hieß Dan derart selbstverständlich in ihrem Zuhause willkommen, dass er seinen Liebeskummer vorerst vergaß.

Er bezog ein gemütliches Gartenhaus am Rande des Anwesens und bedankte sich beim Schicksal, welches ihm mit diesem Platz ein grandioses wie unverhofftes Geschenk gemacht hatte.

Am nächsten Tag schon krempelten die beiden ihre Ärmel hoch und stürzten sich voller Tatkraft mit Eimern, Leitern, Netzen bewaffnet mitten hinein in die Olivenernte. Hellgrüne und dunkelblaue Früchte streckten sich ihnen an den 25 Bäumen fast schon überreif entgegen. Früh von Sonnenaufgang bis abends kurz vom Einsetzen der Dunkelheit waren Dan und seine Gastgeberin mit der Ernte beschäftigt, unterbrochen lediglich von einer ausgiebigen Siesta im Schatten der stattlichen Bäume. Dan ging voll darin auf mit seinen Händen zu arbeiten, während er seine Gedanken auf Urlaub in ein fernes Irgendwo schickte. Er philosophierte stundenlang mit Charly über das Leben und genoss die unterhaltsamen Anekdoten ihres bewegten Künstlerlebens.

Als Charly mich nach meinem Leben fragt, werde ich verlegen. Präsentiere einen Abriss in den bisher wichtigsten Stationen mit der Leidenschaft eines Nachrichtensprechers und fahre derweil fort, Oliven von den Zweigen zielgerichtet in den Eimer zu streifen. Dann höre ich Charly schallend lachen und noch unter Glucksen fragen „Du willst mir jetzt nicht ernsthaft erzählen, dass das alles gewesen sein soll…deine Eltern, Geschwister, Studium und Job, Freunde und Brandenburg?!". Ich werde rot und muss selber lachen „Nein", murmle ich kopfschüttelnd in meinen Oliveneimer hinein. „Da ist noch was...". Charly pflanzt sich, die Hände in die Seiten gestemmt, direkt vor mir mit einem „Aha, na denn: Ich höre!", auf, bereit nicht locker zu lassen, jetzt da sie einmal Witterung aufgenommen hat. Ich erzähle ihr die ganze Geschichte von DanundMarie. Von Anfang an.

Charly sagt eine Weile nichts als ich geendet habe, legt mir dann eine Hand auf die Schulter, schaut mir tief in die Augen und meint „Mein lieber Dan: wenn du meinen Rat dazu hören willst: vergiss es. Mein sechster Sinn tickt äußerst zuverlässig und flüstert mir, dass dich diese Frau als willkommener Fluchtpunkt benutzt. Du bist im Moment vor allem der allerbeste Rettungsanker für ihr häusliches Drama. Okay, bestimmt findet sie dich auch sexy. Sicherlich reizt sie auch die immense Freiheit, in welcher du gerade ausgiebig badest und welche sie so schmerzlich in ihrem – sorry! - verkackten Leben vermisst. Pass gut auf dich auf, dass sie dich nicht in ihren Mühlen zermahlt".

Ich fühle, wie mich ihre Worte treffen. Wie sie direkt an meine schlimmsten Befürchtungen andocken und im Begriff sind, sich bei eben diesen schon mal häuslich einzurichten. Ich denke unwillkürlich an die Szene in der Sauna. Ja, ich wollte gehen. In Nullkommanix einfach verschwinden und alles sofort beenden, als Marie von Mann und Kindern erzählte. Charlys Vermutung ist natürlich möglich. Wenngleich nicht unbedingt das, was ich jetzt hören will.

Warum erzählen sich Menschen im Speziellen, aber auch im Allgemeinen nicht immer die Wahrheit, frage ich, mehr mich selbst als Charly. Ist es nur die Angst vor der Wahrheit? Geht es immer nur darum, seinen eigenen Arsch zu retten? Oder ist die Wahrheit manchmal so verhüllt, dass wir sie selber gar nicht entdecken können? Und ist eh nur einzig nur das wahr, was wir für wahr halten? Ist Marie wirklich dieser böse hinterhältige

Mensch, der eine blauäugige Seele wie mich schamlos für ihre egoistischen Zwecke benutzt? Muss man ein böser Mensch sein, um andere zu benutzen und zu belügen? Oder nur ein Schisser? Woran kann man eigentlich merken, dass man sich einen in die Tasche lügt? Wem kann man wahrlich vertrauen? Und wie steht es eigentlich mit meiner eigenen Wahrheit? Sollte ich nochmals mit Marie sprechen und ihre, meine, unserer Wahrheit versuchen zu fassen? Aber noch so ein Telefonat wie auf Stromboli? Geht sowas überhaupt am Telefon?

Ich wünschte, ich hätte Zeit mit Marie. Ein Stück ganz normales Miteinander. Wie andere Liebespaare auch. Sich verabreden, im Café und im Kino. Spazieren gehen. Sich peu a peu kennenlernen. Sich wiedertreffen. Verbindung schaffen. Langsam herausfinden, was man wirklich füreinander sein kann. Ganz ohne den Druck einer stets knapp bemessenen Zeit, welchem wir von Beginn an unterliegen.

Vom seligen, sardischen Verschmelzungsgefühl mit Marie bin ich seit Stromboli eine gute Armeslänge abgerückt. Hab mich in Sicherheit gebracht. Wenngleich ich mich zugleich wieder zurücksehne. Zurück ins Paradies.

Nach einigen Tagen Funkstille allerdings schickt Marie wieder Herzchen und Küsschen. Und ich? Kann gar nicht anders, als mich darüber zu freuen und prompt zurück zu herzen.

Zugleich bin ich ratlos. Und will es eigentlich nicht sein. Bemühe mich im Weiteren darum, mich auf das Jetzt, meine aktuelle Realität, die Oliven, Hühner, Kois, auf Charly und ihre turbulente Künstlerkolonie zu fokussieren.

Dass ich mit meiner Gastgeberin ins Bett fallen würde, war weder geplant, aber doch abzusehen. Wir verstehen uns einfach prima. Es gibt keine Tabus zwischen uns. Wir sind wie zwei unbefangene Kinder miteinander. Ich mag ihre freie Art zu denken, zu sprechen und zu handeln, zudem ist sie eine attraktive Frau mit schlanker Figur, leicht gebräunter Haut, blitzenden grün-braunen Augen und einer wilden Mähne voller widerspenstiger, roter Locken. So toben wir einige Nächte durch ihr Schlafzimmer und genießen die Leichtigkeit unseres Miteinanders, was beiderseits vollkommen frei von Beziehungsambitionen und Verliebtsein ist. Am nächsten Tag klettern wir dann wieder in die Bäume, pflückend, scherzend, lachend. Wir mögen uns einfach. Vielleicht wäre eher eine Frau wie Charly eine gute Partei für mich? Mal so ganz ohne emotionales Drama? Tom hatte vor Jahren schon versucht, mir einen Schubs in diese eher unaufgeregte Beziehungsvariante zu geben. Doch ich gebe zu, auf eine Art stehe ich total auf die emotionalen Wogen des Verliebtseins, dieses gemeinsamen Abenteuers auf hoher See mit ungewissem Ausgang. Auch mit der drohenden Gefahr, vollends zu kentern.

Doch egal was ich tue, denke und wen ich küsse: Marie ist allzeit präsent. Vor allem abends, wenn es still wird um mich herum. Wenn ich in meiner Gartenhütte liege und wir in dieselben Sterne schauen. Wir sehen denselben Himmel, Dan, schreibt sie. Ich muss weinen. Sie sehnt sich nach mir. Und kann diese Distanz zwischen uns kaum noch aushalten. Ich traue mich nicht, das Stromboli-Thema nochmal anzusprechen. Genieße das kleine wiedergefundene Stück Frieden und Zärtlichkeit zwischen uns. Es ist schön. So wunderschön. Allen Vermutungen und Befürchtungen zum Trotz. Dann schreibt sie, ob ich Lust haben mit ihr auf Zypern unsere Geburtstage zu feiern. Zwei Tage vor mir wird sie ein Jahr älter. Könnte sich für sechs Tage Urlaub nehmen. Und obgleich ich Angst habe, mich wieder ganz auf sie einzulassen antworte ich mit einem klaren Ja.

Die verbleibende Zeit bis zu ihrer Ankunft tue ich überwiegend das, was bislang hier vollkommen ins Hintertreffen geraten ist: Ich erkunde endlich Zypern.

Schon beim Verlassen des Flugzeugs schlägt dem Reisenden die trocken-warme Wüstenluft entgegen und nimmt ihn in Empfang wie eine sehnsüchtige Geliebte. Zypern ist auf eine angenehme Art schlicht, einfach, unprätentiös. Leben ist hier keine verdrehte Kunstform, sondern vielmehr simpel, gerade, klar.

Natürlich nicht in den Städten Limassol, Larnaka und Paphos im Süden, welche voller Souvenirläden, Engländern, Cafes und stetem Autoverkehr auf links gestrickt mit nicht wenigen Zeitgenossen, die die Straße mit einem Jagdrevier verwechseln nur so strotzen. Fast niemand geht hier zu Fuß oder fährt gar mit dem Fahrrad. Jeder noch so kleine Weg wird mit dem Auto gemacht. Am besten mit einem röhrenden Pick-up-4-Wheel-Drive.

Zypern also. Ein Zuhause für viele, die ursprünglich gar nicht hierhergehören. Man trifft allerlei Deutsche, Engländer, Russen, dann noch mehr Engländer, welche hier überwintern oder auch ihren Lebensmittelpunkt ganz her verlegt haben.

Lange Zeit wurde Zypern von den Briten beherrscht, genaugenommen von 1886 bis sage und schreibe 1960.

Auch heute pflegen sie im Zusammenspiel mit den USA militärische Kontrolle an verschiedenen Stützpunkten. Zypern gehört zwar politisch und wirtschaftlich zur EU, geografisch gesehen aber schon zu Asien. Ein strategisch höchst interessanter Standort wirtschaftlich wie politisch betrachtet und auch die Nähe zum Mittleren Osten ist politisch immens bedeutsam. Über die genaue Anzahl der hier stationierten britischen und amerikanischen Soldaten wird sich übrigens offiziell ausgeschwiegen. Was Einiges über deren real anzunehmende Anzahl aussagt.

Auch dieses Eiland war stets hart umkämpft und begehrt und fiel seit der ersten Besiedelung 10.000 v Chr. in diverse Hände: Perser, Griechen, Ägypter, Türken, sie alle waren hier. Und auch hier erstarkte immer mal wieder auf unterschiedliche Weise die Sehnsucht der Insulaner nach Autonomie. 1974 marschierte die Türkei auf Zypern ein, besetzte den Norden, also ca. 1/3 der Insel, und gebot damit dem Wunsch vieler Südzyprioten, Zypern vollständig an Griechenland anzugliedern Einhalt.

Nicht gänzlich ohne Komik bleibt, dass das einzige Land, was Nordzypern als der Türkei zugehörig erklärt, einzig und allein die Türkei selber ist. Weder die UN noch sonst jemand auf der Welt scheint diese Auffassung zu teilen.

1974, Hoch-Zeit des Kalten Krieges. Man zieht sogar Vergleiche zu anderen politischen Konflikten dieser Zeit und sagt, Zypern sei das Kuba des Mittelmeers gewesen.

Und heute? Ganz so heiß scheint die Sache nicht mehr zu sein. Man gibt sich immer mal wieder beim diplomatischen Tête-à-Tête reichlich Mühe, guten Willen zu bekunden und hinsichtlich beiderseitiger Annäherung zumindest in Worten und Gesten vor den blitzenden Kameras miteinander zu liebäugeln. Unvergessen sei allerdings in den Köpfen und Herzen vieler, dass in den 60er/70er Jahren von Süd nach Nord und umgekehrt vielfach Enteignungen, Vertreibungen und entsetzliche Massaker stattgefunden haben, welche Angst und Misstrauen, bisweilen aber auch offenen Hass aufeinander gegenwärtig immer noch am Leben halten.

Nikosia im Norden Zyperns ist Sinnbild dieses Konflikts: eine geteilte Stadt. Wie einst Berlin. Im Süden zur Republik Zypern, im Norden der Türkei zugehörig.

Die UN achtet seit 1974 mittels einer dafür großflächig angelegten Schutzzone und umfangreicher persönlicher Präsenz darauf, dass sich der Konflikt zwischen Nord- und Südzyprioten nicht wieder entflammt.

Und die Landschaft? Ist weitestgehend karg. Fährt man durchs Inselinnere, rauschen nach oben gerundete Hügelformationen, entstanden vor Millionen von Jahren aus Gesteinsaufschiebungen in Folge von vulkanischen Aktivitäten an mir vorbei, welchen schon etwas latent wüstenähnliches anhaftet. Und wie es bei Inseln in allgemeinen so ist: viel, viel Strand mit zahllosen Buchten, welche bei Sonnenschein auch jetzt noch zum Baden einladen. Darüber hinaus erfreut sich das Mittelmeer um Zypern herum bester Wasserqualität. Nur äußerst selten landet mal eine achtlos hingeworfene Dose oder Plastikflasche am Strand.
Ich genieße es, ausgiebig im Wasser zu planschen und mich immer mal wieder kurz daran zu erinnern, dass ja eigentlich Dezember ist, dann verblüfft an mir herunterzuschauen und mich lediglich in Badekleidung verpackt wiederzufinden, während man in Deutschland bereits fest im Griff der Wintermäntel weilt.

Es ist seltsam, aber ich fühle mich auf diesem Fleckchen Erde richtiggehend zuhause. Das war von Anfang an so und liegt nicht nur am Klima. Irgendetwas ist mir hier so irre vertraut und macht umfangreich heimelige Gefühle. Zypern, das ist wie etwas, was man schon lange kennt und jetzt zufällig wiedergefunden hat, sich dann darüber freut und einfach genießt. Sogar im einzigen Supermarkt im nächsten Örtchen Polis werde ich mittlerweile wie ein guter alter Bekannter von der Belegschaft begrüßt. Meine Karriere als talentierter Olivenbauer hat nicht unerheblich zu meinem Bekanntheitsgrad beigetragen.
Feierlich fahren nämlich Charly und ich nach sechs Tagen unentwegten Erntens gemeinsam die sage und schreibe 170 Kilo Oliven ins Nachbardorf zur Ölpresse und wohnen dem

faszinierenden Pressvorgang bei, welcher so aufregend ist wie meine eigene Geburt: die kleinen grünen und blauen Oliven wandern zunächst in einen exorbitant großen Trichter, werden dann gewaschen und verschwinden anschließend in drei dunklen Tanks, in welchen man ihnen mit grobem und feinem Mahlen ordentlich zu Leibe rückt. Dann wird der Trester, also alle festen Bestandteile, vom begehrten Öl getrennt. Letzteres wird noch gefiltert und fließt sodann den glücklichen Pflückern quietschgrün wie kaltgepresst entgegen und mitten hinein in die mitgebrachten Kannen und Kanister.

Wir sind früh dran. Nach und nach gesellen sich auch weitere Nachbarn mit ihren Oliven aus Polis, Skoulli, Choli und Umgebung zu uns an die Laderampe. Die meisten kennen sich hier von Kindesbeinen an und wechseln ein paar Worte. Die Wartezeit von rund vierzig Minuten - denn so lange dauert der gesamte Pressvorgang - versüßen wir uns derweil mit Kaffee aus Plastikbechern auf Plastikstühlen, diversen eingelegten Oliven vom Vorjahr sowie getoastetem Brot mit Olivenöl, Zitrone und Salz bestreut. Die Vorfreude auf den Genuss des eigenen Öls wächst beim Kauen ins Unermessliche. Für das Pressen bezahlt man hier rund 20 Euro und am Ende dürfen wir 31 Liter hochwertiges handverlesenes Olivenöl stolz unser Eigen nennen. Es ist unglaublich hellgrün, duftend, würzig und frisch.

Zuhause genießen wir diese atemberaubende Geschmackssensation auf einem schlichten Stückchen Brot und kommen aus dem Staunen über das Wunder des Olivenbaums nicht mehr heraus.

Doch damit nicht genug: In einem 10 Liter Eimer wässern die größten Früchte dieser Ernte schon seit einigen Tagen. Beim Einritzen habe ich eine mal aus Neugier probiert und umgehend im hohen Bogen wieder ausgespuckt. Oliven pur sind extrem bitter und alles andere als köstlich. Nach sieben Tagen haben sie weitestgehend ihre Bitterstoffe ans Wasser angegeben haben, welches ich zweimal täglich wechsle. Anschließend wandern die Früchte in eine Salzlake, ein paar Scheiben frisch gepflückter Zitronen dazu und dann in Gläsern fest verschlossen. Die Geschmacksprobe in ein paar Wochen wird entscheiden, wann endlich mit dem Olivennaschen begonnen werden darf.

Zu guter Letzt und um die Sache rundzumachen, verpasse ich diesen wundervollen, alten Bäumen mit den silber-grünen länglichen Blättern einen professionellen Baumschnitt. Charlys Nachbar hat mich in einem Crashkurs in die Kunst des Obstbaumschneidens eingewiesen und erklärt abschließend: „Am Ende muss ein Vogel hindurchfliegen können." Ich schaue ihn begriffsstutzig an, da lacht der alte Mann und erklärt, es müsse so viel Platz zwischen den Ästen sein, dass ein Vogel nicht mit seinen Flügeln daran hängenbleibt. Ich vermute mal, dass er keinen Adler im Sinn hat und mache mich mit Baumschere, Samurai-Säge und Leiter an die Arbeit. Trenne ab, was vertrocknet ist oder zum Stamm hinwächst und verleihe so in liebevoller Kleinarbeit Charlys Bäumen Struktur und Ordnung.
Es ist eine wundervolle Arbeit. Ich wühle mich bis zur Mitte zum Stamm und arbeite mich von dort nach außen vor, schmiege mich dabei an knorrige Äste und denke permanent an den hindurchfliegenden Vogel. So stutze und entwirre ich und schaffe Raum und stelle mir vor, wie im nächsten Frühjahr schon an den Ästen neue Blätter, Triebe, Blüten und irgendwann später auch wieder neue Früchte wachsen werden.
Gerate förmlich in Rausch, arbeite mit Liebe und Hingabe, trete immer mal wieder ein paar Schritte zurück, um die gesamte Form des Baums im Blick zu behalten und denke mir: Das ist Liebesdienst am Baum. Es ist meditativ. Es ist vollkommen. Es ist beglückend.

Charly probt sei Tagen für einen Soloauftritt in Limassol und hat zudem wieder angefangen zu unterrichten. So arbeite ich draußen jetzt weitestgehend allein. Nur die beiden verzogenen Hunde kommen gelegentlich, wollen einen Ball geworfen bekommen, um sich anschließend wieder abzulegen oder einer Echse nachzujagen.

Ja, Liebe am Baum. Struktur und Ordnung nachempfinden und umsetzten mit gezielten Schnitten. Anschließend steht er da in neuer, klarer Form, harmonisch, nur hie und da noch etwas gerupft. Spätestens im nächsten Frühjahr werden hier neue frische Blätter die entstandenen Lücken auspolstern. Und der Vogel kann gänzlich ungehindert hindurchfliegen. Charlys Nachbar klopft mir anerkennend auf die Schulter. Erst bei Einbruch der Dunkelheit beende ich mein Tun, sammle Baumschere, Säge, Leiter und meine Wasserflasche ein und freue mich schon darauf morgen zu meinem Liebesdienst zurückzukehren.

Während ich im Äußeren Struktur und Ordnung schaffe, sortiert sich auch mein Inneres und ordnet sich neu. Ich fühle mich frisch, klar und in Harmonie. Wie die Bäume um mich herum. Gewinne zudem meine Kraft und Lebensfreude zurück. Abends nach getaner Arbeit tauche ich ein in Charlys Community und lerne dabei unter anderem den charismatischen Saxofonisten David aus Berlin kennen, welcher im Nachbardorf Nea Dimitta lebt. David überwintert seit einigen Jahren auf Zypern und gibt vom Strand aus online Saxophonunterricht für seine frierenden Berliner Schüler. Den Sommer verbringt er dann in Berlin und tritt dort mit Musikern aus aller Welt auf. Zudem wohnt David, dieser Glückspilz, in einem traumhaften Haus direkt am Meer mit weitläufiger Terrasse und riesengroßer Schiebefenster-Glasfront, welche auch abends, wenn es kühler wird, den uneingeschränkten

Blick auf die endlosen Weiten des ewigen Ozeans ermöglicht. Aus familiären Gründen muss David für mindestens zwei Wochen nach Berlin, erzählt er, und will in dieser Zeit sein Traumhaus vermieten.

Ich zögere keine Sekunde. Wir einigen uns auf einen attraktiven Preis und schon ist die Sache geregelt. Während David nun bereits friert, sitze ich hier schreibend bei weit geöffneter Verandatür in kurzen Hosen und T-Shirt. Unaufhörlich braust draußen das Meer. Ich brauche lediglich dreißig Schritte laufen und schon stehe ich im Mittelmeer. Im Obergeschoss lädt ein großes Bett ein, dem Meeresschauspiel, der aufgehenden Sonne, dem an die Fenster prasselnden Regen, den in der Nacht zuckenden Blitzen von höherer Warte aus beizuwohnen. Und im Hintergrund erklingt die nie verklingende Symphonie des unendlichen Ozeans.

Als bei Charly der lang angekündigte, tatkräftige Gärtner aus Litauen mit dem Fahrrad eintrudelte und charmant seine Hilfe für die gesamte Winterzeit offerierte, war für mich der rechte Zeitpunkt gekommen, mein liebgewonnenes Gartenhaus zu räumen und weiterzuziehen. Charly drückte mir beim Abschied eine Flasche unseres Olivenöls extra vergine und ein Glas handverlesener, eingelegter Oliven in die Hand. Wir bleiben in Kontakt, sagte sie, küsste mich und winkte mir hinterher, als ich vom Hof fuhr.

Morgen schon wird Marie in Limassol landen. Ich spüre meine aufsteigende Nervosität. Natürlich auch die Vorfreude und unbändige Sehnsucht nach ihr. Dazu die Furcht vorm erneuten Abschied nach sechs kurzen Tagen Zweisamkeit. Alles in allem ein hübscher Haufen gemischter Gefühle.

Zu ihrem Geburtstag will ich sie verehren wie eine Königin. Ihr jeden Wunsch von den Augen ablesen. Sie verwöhnen nach allen

Regeln der Kunst. Ihr ihre Lieblingsspeisen kochen. Ihren wunderschönen Körper mit Wildrosenöl massieren. Sie küssen und lieben, bis ihr die Sinne vergehen. Ihre Lieblingsmusik auflegen und abends bei Kerzenschein eng umschlungen mit ihr auf der Terrasse tanzen und in die Sterne schauen.

Während ich das Haus auf Vordermann bringe, spielt das Wetter kurz vor ihrer Ankunft mal wieder vollkommen verrückt: Armeen von Wolken jagen einander über den aufgerissenen Himmel. Sonne und sturzbachartiger Regen wechseln einander freimütig ab, dazu frischt der Wind in kräftigen Böen auf und peitscht die Wellen schäumend an den Strand. Gleich darauf überstrahlt ein doppelter Regenbogen das Firmament.

Der Abend ist angebrochen und ich hocke, eingehüllt in Decken und mit heißem Tee in der Hand, auf dem Sofa, bestaune von dort aus das Schauspiel der Naturgewalten.

Denke an sie. Morgen früh um fünf besteigt sie in Berlin den Flieger, flüstert sie ins Telefon. Und, dass sie mich liebt. Sehr sogar. Das klingt gut. Wenngleich der Ton zwischen uns beiderseits etwas zurückhaltender geworden ist, freuen wir uns, einander bald wieder in den Armen halten zu können. Und dann zusammen Geburtstag feiern. Erst sie, dann ich. Zusammen an diesem Traumplatz.

In der Nacht schlafe ich unruhig. Wache immer wieder auf. Schaue in den von Blitzen erhellten Nachthimmel. Bin viel zu nervös, um noch einmal einschlafen zu können. Will auch gar nichts anderes mehr als ihr entgegenfahren und auf sie warten. Letzteres kann ich auch gleich am Flughafen und mache mich schließlich - viel zu früh - auf nach Limassol Airport.

Als sie dann in der Ankunftshalle vor mir steht, erschrecke ich: sie sieht blass, müde und furchtbar erschöpft aus. Dann wirft sie sich wie eine Ertrinkende in meine Arme. Eine Ewigkeit stehen wir so, während der Strom von Reisenden an uns vorbei driftet. Wortlos nehme ich ihren Rucksack, hake sie unter, gehe mit ihr raus zum Auto. Sie weint. Tränen laufen ihr tonlos über die Wangen. Ich bin bestürzt. Was ist nur los? Will sie beschützen, sie wieder in meine Arme nehmen. Doch sie winkt ab, nestelt stattdessen an ihrer Tasche herum und holt zu meiner großen Überraschung Tabak, Blättchen und Feuerzeug hervor. Habe sie noch mit einer Zigarette gesehen. Marie und rauchen?! Das Bild will so gar nicht in meinen Kopf. Diese Begegnung ist ganz anders als auf Sardinien. Wollte für meine Geliebte hier auf dem Parkplatz Auto eigentlich rote Rosen regnen lassen - der Strauß dafür liegt unberührt im Kofferraum - doch in Anbetracht der Lage lasse ich das besser.

Marie bemerkt meine Irritation und erklärt fahrig „Hab wieder angefangen. Ich weiß, es ist ´ne blöde Angewohnheit. Bin eine klassische Stressraucherin. Doch wenn meine Nerven blank liegen, sind diese kleinen stinkenden Dinger meine zuverlässige Rettungsinsel. Total bekloppt. Aber es funktioniert. Zumindest kurzfristig. Kleine Angst, ich höre damit auch wieder auf. Nur nicht jetzt", nimmt einen tiefen Zug und bläst den blauen Rauch durch ihre Nasenlöcher wie ein wütender Stier.

Ich hätte sie so gern geküsst. Stattdessen warte ich bis sie aufgeraucht hat. Dann fahren wir in mein Haus am Meer. Auf dem Weg kommt Marie ins Erzählen.

Martin wusste seit nunmehr sechs Jahren, welche Bedeutung das Segeln für Marie hat und auch, dass sie dadurch für viele Wochenenden im Jahr und manchmal auch für Urlaubs-Törns und Skipper-Trainings mehrere Wochen mit Mads' Segelschule unterwegs war. So klang es an sich nicht besonders ungewöhnlich, als Marie ankündigte, Mitte Oktober als Skipper am Sardinien-Törn teilzunehmen. Mads habe zurzeit keinen anderen qualifizierten Skipper und sie zudem noch Jahresurlaub, welcher zeitnah verbraucht werden wollte. Die Tatsache, dass sie somit der angespannten häuslichen Situation für eine kleine Weile entfliehen konnte, lag auf der Hand, ließ sie jedoch unerwähnt unter den Tisch fallen. Martin hatte dies alles bloß mit seinem typischen Achselzucken quittiert. Was blieb ihm auch anderes übrig?! Sein Veto hätte den Haussegen nur noch schiefer hängen lassen.

Und die Kinder? Begrüßten neuerdings diejenigen Momente, in welchen die Eltern einmal nicht gleichzeitig zuhause waren. Das bleierne Schwiegen, welches sich zwischen Martin und Marie aufgebaut hatte, sowie das mühselige Umschiffen von all den zwischenmenschlichen Tretminen, welche die beiden im Lauf ihrer nunmehr 15 Jahre andauernden Ehe sorgsam im häuslichen Terrain verlegt hatten, welche aber allzeit spür- wie hörbar waren, sobald Martin und Marie gleichzeitig zugegen waren, war im Grunde nur noch zum Weglaufen. Saßen sie mal als Familie zusammen, sprachen die Erwachsenen so betont fröhlich mit den Kindern, nie aber miteinander, dass Matthis, der 16-jährige, schon öfters gemotzt hatte, nur wegen ihm bräuchten sie sich auch nicht anstrengen, derart krampfhaft gute Laune zu verbreiten, sich dann seine Stulle mit aufs Zimmer genommen und in voller Lautstärke *Die Ärzte* gehört. Nur die kleine Sarah war sitzengeblieben, hatte beklommen auf ihren Teller gestarrt und leise angefangen zu weinen. Marie war dann mit ihr rausgegangen und für Martin blieb noch, den gemeinsamen Tisch abzuräumen. Dabei fluchte er über das verdammte Schicksal, welches ihn mit seiner Familie, insbesondere aber mit seiner Frau ereilt hatte. Es war ein Fehler gewesen, sie zu heiraten. Es war auch ein Fehler gewesen, eine Familie zu gründen. Und außerdem war es ein Fehler gewesen, dieses vermaledeite Haus mit dem Geld seiner Schwiegereltern zu bauen. Ein Haus in welchem er nun hockte wie in einem Gefängnis. Und noch schlimmer: einem Gefängnis, welches er

sich selber zurechtgezimmert hatte. „Glückwunsch, Martin!",
schalte er sich grimmig selbst, „das haben wir ja mal wieder
ganz, ganz prima hinbekommen".

Am liebsten hätte er, wie die schlechten Väter und Ehemänner
in ebensolchen Filmen, einfach seine Autoschlüssel geschnappt,
beiläufig noch erwähnt, mal eben Zigaretten holen zu gehen,
um sich dann auf Nimmerwiedersehen aus dem Staub zu
machen. Einfach abhauen. Irgendwohin. Wo ihn niemand
kennt. Und er noch mal ganz von vorne anfangen kann. 49 war
schließlich noch kein Alter, um sich nicht noch einmal gänzlich
neu erfinden zu können.

Doch Martin blieb, wo er war, rauchte grimmig drei Zigaretten
hintereinander, trank dazu zwei Gläser Wein, was seine
Stimmung leidlich hob und die Nerven beruhigte und stellte die
Geschirrspülmaschine an.

Dass es mit dieser Sardinien-Reise etwas ganz Besonderes auf
sich hatte, war ihm nicht sogleich aufgefallen. Erst einige
Wochen später würde es ihm gelingen, all die kleinen
Puzzleteilchen zu einem kompletten Bild zusammenzufügen.
Maries gute Laune, ihre Scherze mit den Kindern, aber auch die
so ungemein wichtigen Telefonate bezüglich des Törns, für
welche sie sich an Wochenenden nun des Öfteren zurückzog,
hatte er gebilligt wie ein lästiges aber nicht abzuwendendes
Übel.

Als sie dann weg war, hatte er mehr aus einem Impuls heraus
denn aus Kalkül in der Segelschule angerufen, um ganz
unverbindlich mit Mads zu plaudern. Die beiden Männer
kannten sich von den Grillabenden unten am Hafen, zu
welchem Martin zu Beginn von Maries Segelkarriere ein paar
Mal mitgekommen war. Da Mads aber selber sogleich am
Telefon war, wurde Martin umgehend hellhörig. Nein, aktuell
fände kein Skipper-Training statt, hatte Mads erklärt. Schon
gar nicht auf Sardinien. Das Segelrevier sei dort einfach viel zu

überlaufen, er wolle sich im kommenden Jahr aber mal in Kroatien umschauen und ob Martin Interesse hätte mitzukommen, man habe sich schließlich schon länger nicht gesehen. Doch Martin hatte gar nicht mehr zugehört und sich rasch verabschiedet. Warum er denn eigentlich angerufen habe, rief Mads noch in den Hörer, doch da hatte Martin bereits aufgelegt.

Stundenlang saß Martin anschließend auf der Couch, starrte vor sich hin im Bemühen, seine ratternden Gedanken zu sortieren. Später betrank er sich und schlief auf dem Sofa ein. Am nächsten Morgen fasste er – wenngleich furchtbar verkatert - einen Plan.

Als Marie zurückkam, wunderte sie sich nicht schlecht, Martins Auto vorm Haus zu entdecken. Nicht ohne Grund war sie nachmittags zurückgekehrt, denn nachmittags arbeitete er stets und das oft bis in den späten Abend hinein. So konnte sie das Haus zunächst für sich haben, ganz in Ruhe ankommen und noch eine Weile ganz ungestört in der Fülle von Eindrücken und Bildern von Sardinien und Dan schwelgen können. Fröhlich vor sich hin summend schloss sie die Tür auf und betrat die Küche. Dort fand sie Martin am Buffet stehend, den Haustürschlüssel in der Hand und einem unergründlichen „Na, wie war es denn?". Sie stutzte, antwortete „Gut. Wie immer", und begann ihre Sachen auszupacken. „Kaffee?", fragte er. „Ja, gerne." Sie staunte über seine Freundlichkeit und interpretierte diese als Friedensangebot nach all den Streitereien der vergangenen Monate. Sie setzten sich hinters Haus auf die Veranda, wo er sich eine Zigarette drehte, sie danach anblickte und auffordernd meinte „Na erzähl doch mal! Wie waren denn deine Schüler diesmal so?". Dabei lächelte er auf diese schiefe Art, welche sie stets irritiert und nie wirklich zu entschlüsseln vermocht hatte. Zudem war sie verwundert, denn Segeln und alles, was damit zu tun hatte war zwischen ihnen über die Jahre zu einem absoluten Tabuthema geworden. Endlose Streitereien und nervenaufreibende Diskussionen hatte es darum gegeben. Immer sei sie weg, vor allem an den Wochenenden. Immer müsse er sich um die Kinder kümmern. Was sie überhaupt für eine Mutter sei? Und ob sie nicht mal wieder einen schönen gemeinsamen Familienausflug machen wollten, so wie früher? Zuerst hatte Marie es mit allerlei Erklärungen versucht, später hatte sie in solchen Situationen einfach die Autoschlüssel genommen und war ohne ein weiteres Wort zum Hafen gefahren. Es war sinnlos geworden zu diskutieren. Es führte zu nichts. Und im Grunde war ihr schon zu Beginn dieser Gespräche eines immer klar gewesen: Sie würde ohnehin fahren.

Martin reagierte mittlerweile so eifersüchtig auf all ihre Segelaktivitäten wie auf einen attraktiven und unerreichbaren Rivalen, sodass sie das mit S beginnende Wort tunlichst zu vermeiden begonnen hatten. Ganz zu Anfang hatte er durchaus Interesse am Segeln bekundet und sogar laut darüber nachgedacht, selber den Binnenschein zu machen, um dann mit Marie zusammen an Wochenenden über die Havel zu schippern. Rasch aber hatte sie ihm diesen Wunsch ausgetrieben und unmissverständlich verdeutlicht, dass das Segeln etwas sei, was sie für sich ganz allein bräuchte. Segeln sei ihre Zuflucht wie das Meditationskissen für die Buddhisten, hatte sie erklärt und weil Martin keiner war, der sich jemals aufdrängte, hatte er es dabei belassen.

Und nun saß eben dieser Mann hier neben ihr und wollte mit ihr übers Segeln reden. „Sie waren nett. Wir hatten eine gute Zeit zusammen", sagte sie knapp und nahm einen Schluck aus ihrer Tasse. Martin erwiderte nichts. Starrte sie nur weiter unverändert grinsend an. „Und sonst so?", fragte er. Marie schüttelte den Kopf und hob die Schultern „Sonst nichts. Ab morgen bin ich wieder im Büro und nehme ab Nachmittag die Kinder". Martin nickte, zog an seiner Zigarette und presste aus seinen zusammengekniffenen Lippen „Marie, warum lügst du mich an?", hervor. Ihr wurde heiß und sie wusste, dass ihr die Röte unwillentlich ins Gesicht geschossen war.

„Was willst du?", fragte sie tonlos. Und er „Wie wäre es zur Abwechslung einfach mal mit der Wahrheit!?"

Sie fängt an zu schluchzen, zittert am ganzen Leib. Ich fahre links ran, löse die Gurte, ziehe sie an mich, lasse sie weinen. Was soll ich sagen? Ich weiß es nicht. Reiche ihr ein Taschentuch und frage mich, was ich mit all dem zu tun habe.

„Willst du denn überhaupt hier sein?", erkundige ich mich nach einer Weile und schaue sie unsicher an. Sie nickt unter Tränen und drückt meine Hand. „Ja, natürlich! Dan, ich will hier sein. Bei dir. Hab mich so sehr so auf dich gefreut". Sie schnäuzt ins Taschentuch und murmelt „Die letzten Wochen zuhause waren einfach die Hölle. Wenn Martin verletzt ist, holt er aus, stichelt ohne Unterlass und blockiert mich, wo er nur kann. Dabei fühle ich mich noch nicht mal schuldig. Als Paar haben uns bereits vor zwei Jahren getrennt. Auch er wollte das so. Es hat einfach nicht mehr funktioniert mit uns beiden. Wir sind nur noch wegen der Kinder zusammen. Auch er wollte doch wieder frei sein. Zumindest damals. Bisher hat keiner von uns beiden einen neuen Partner gehabt. Doch das war ja nur eine Frage der Zeit…".

Sie schaut mich aus ihren verweinten Augen an. Sie ist so süß, selbst wenn sie traurig ist. Ich schmelze dahin, nehme ihr Gesicht in beide Hände, küsse zuerst ihre Tränen fort und sie dann auf den Mund. Sie schmeckt salzig und nach Zigaretten. Plötzlich macht sich ruckartig von mir los, fängt lauthals an zu lachen, lehnt sich zurück in ihrem Sitz, den Blick geradeaus auf die Landstraße und ruft „Und jetzt lass uns endlich losfahren. Geburtstag feiern. Erst ich, dann du. Denn dafür sind wir ja hier angetreten, nicht wahr?! Außerdem will ich endlich, endlich dein tolles Haus am Meer sehen!". Etwas überrascht und doch zugleich erfreut über ihren abrupten Stimmungsumschwung starte ich das Auto und fahre los. Später tanzt Marie begeistert durch die Küche und den angrenzenden Wohnbereich, greift mich bei der Hand und rennt mit mir hinunter zum Strand, wirbelt mich herum, küsst mich und springt mit mir in die Wellen. Wir sind ausgelassen wie die Kinder, glückselig über das Wunder der eigenen Existenz.

Später zeige ich ihr das ganze Haus und im Obergeschoss angekommen landen wir im Bett. Ich genieße es so sehr sie endlich wieder zu fühlen, dass ich gar keine Worte dafür habe. Außerdem riecht sie so gut. Ich tauche ein in unser einzigartiges Universum, in unser atemberaubendes Einssein. Später kochen wir nackt zu Jazzmusik und trinken Wein bei Kerzenschein. Ich fühle mich wie in einem wunderschönen Traum. Selbst die Sorge, schon bald wieder daraus aufzuwachen ist weit, weit weggereist.

Am nächsten Morgen während sie noch schläft husche ich aus dem Bett, hole die Rosen aus dem Kofferraum, welche über Nacht etwas gelitten haben, koche Kaffee und verwöhne meine Königin wie geplant. Staune über mich selbst. Noch nie habe ich einen anderen Menschen so gerne und freimütig beschenkt wie sie. Und Marie? Schwebt in einer Woge aus nicht enden wollendem Genuss und schaut mich oft verwundert an.

Ihre Augen sagen, was ich fühle. Ich könnte weinen vor Glück. Am nächsten Tag wandern wir durch die Dünen ins Nachbardorf, kaufen frischen Fisch am Hafen und pflücken auf dem Weg die letzten köstlichen voll-reifen Feigen vom Baum. Nachmittags liegen wir nackt auf der Terrasse in der warmen Sonne. Ich gestehe ihr voller Bewunderung, wie unglaublich attraktiv ich sie finde und ob sie eigentlich weiß, wie wunderschön sie ist. Marie lacht und schüttelt verlegen den Kopf. Ich laufe ins Haus und komme mit dem großen Wandspiegel heraus, welchen ich direkt vor ihr aufstelle, so dass sie sich von Kopf bis Fuß darin betrachten kann: „So wunderschön bist du, schau nur", flüstere ich ihr aufmunternd zu. Sie betrachtet sich mit erstauntem Blick und ich ahne, dass sie sich zum ersten Mal durch die Augen eines Geliebten sieht. Und erkennt. Dann schaut sie zu mir. Nickt. Ihre Augen strahlen. Sie zieht mich zu ihr und dann sehe ich uns zwei im Spiegel. Wir leuchten von innen und ich bemerke zum ersten Mal wie ähnlich wir uns sind. Ach Marie. Ich küsse sie aufs Haar. Ich liebe sie. Das ist alles, was ich weiß.

In der Nacht zieht Sturm auf. Wir klammern uns aneinander, hören, wie draußen Gartenstühle, Sonnenschirm, Blumenkübel durch die Gegend poltern und der Regen gegen die Fenster trommelt. Früh am Morgen wache ich von Maries Handyklingelton auf. Sie greift auf den Nachttisch, murmelt ein verschlafenes „Ja?" in das Gerät. Dann ist es eine ganze Weile still. Ruckartig setzt sie sich auf, sagt „Okay, wann?", dann „Ich melde mich, sobald ich genaueres weiß". Dann legt sie auf. Martins Mutter hatte einen Schlaganfall und liegt jetzt auf der Intensivstation. Es sehe nicht gut aus. Martin sei mit den Kindern bei ihr. Mein Herz setzt für einen Moment aus. Ich nicke verständnisvoller als mir in Wahrheit zumute ist.
Sie springt auf, läuft nackt ins Bad. Ich höre Wasser rauschen, während ich hier allein auf dem großen Bett wie bestellt und nicht abgeholt sitze. Mein Blick wandert weit weg - hinein in die schäumende Gischt des aufgewühlten Meeres und meine Gedanken beginnen zu folgen. Wollen hinterher. Wollen hier weg. Sind schon aus der Tür. Nur mein bettwarmer Körper sitzt noch hier. Regungslos. Irritiert. Taub.
Dann fühle ich ihre Arme um mich. Sie küsst mich in den Nacken, um mich im nächsten Atemzug hoch und hinter sich her hinunter und dann hinaus zum Strand zu ziehen. Es ist kühler geworden.

Der Wind hat gedreht und weht frisch aus Nord. Marie springt in die Wogen. Ich sehe ihre schlanke Gestalt auf und niederhüpfen. Sie reißt die Arme hoch, schreit aus vollem Hals und bedeutet mir mit hineinzukommen. Doch ich will heute nicht. Mir ist kalt, ziehe die Schultern hoch, hebe abwehrend die Hände. Bibbernd kommt sie zurückgerannt und schüttelt sich vor mir aus wie ein verrückter Hund. Die Tropfen fliegen. Ich lache, obwohl mir nicht zum Lachen ist. Ahne was geschehen wird.

Drinnen erzählt sie während sie Kaffee kocht, dass sie zurückmuss, so schnell wie möglich. Der Zustand der Schwiegermama sei äußerst kritisch, Martin als einziger Sohn total am Ende mit den Nerven und zudem müsse sich ja irgendjemand auch um den vollkommen desolaten Schwiegerpapa kümmern.

Ich fühle, wie ich mehr und mehr einfriere. Weiß gar nicht, was ich sagen, geschweige denn fühlen soll. Sie hält mir eine Kaffeetasse hin. Ich nehme sie und stelle sie vor mir ab. Schaue hinein. Und hindurch. Alles wirkt leer. Sie tritt an mich heran und meint: „Guck nicht so traurig, Liebster, das mit deinem Geburtstag holen wir nach. Versprochen. Vielleicht bekomme ich ja auch so fix gar keinen Flug". Doch es geht nicht um meinen Geburtstag. Ich verstehe sie und verstehe nichts. Fühle einen Riss quer durch mich hindurch.

Marie hängt die nächsten Stunden im Netz und recherchiert nach Flügen. Der Einzige, der in Frage kommt, ist der Direktflug morgen früh um 5:45 Uhr ab Paphos und ob ich sie zum Flughafen bringen könnte. Natürlich kann ich, erwidere ich. Höre meine Stimme so klar und so flach zugleich. Dann klappt sie den Laptop zu, kommt zu mir, umarmt mich, zieht mich ins Schlafzimmer. Ich kann nicht. Und will nicht. Will nicht erneut eintauchen in diese bezaubernde Einheit, um mich schon wenig

später wieder daraus losreißen zu müssen. Sie schaut mich fragend an. Ich schüttle bloß den Kopf. Will mich nicht erklären. Fühle bloß die Traurigkeit in mir.
Sie will etwas Schönes für mich tun, sagt sie. Ob es etwas gäbe, was ich mir wünsche. Ich drücke sie wortlos an mich. Will kein Trostpflaster. Will einzig, dass sie bei mir bleibt. Für immer. Doch das sage ich nicht. Alternativ dazu wünsche ich mir noch sehr schnell ganz weit wegzurennen. Und bleibe doch sitzen. Fast unbewegt. Als stünde nicht nur die Zeit still.
Später schaue ihr zu, wie sie packt, das Abendessen zubereitet, die Küche aufräumt und den Wecker auf 3:40 Uhr stellt, damit wir rechtzeitig losfahren können. Jetzt schläft sie. Ich schaue in den aufgerissenen Himmel, über den wieder Wolkenfetzen fliegen. Kann nicht schlafen, nicht weinen, nicht fluchen. Denke „Es ist vorbei", und schreie gleichzeitig „NEIN!!!". Ich will nicht, dass das aufhört. Doch das hier, das will ich auch nicht.

Es ist noch dunkel als sie zärtlich „Happy Birthday…" in mein Ohr singt. Dann brechen wir auf. Ich lenke das Auto über die lange Küstenstraße und durch das Inselinnere um schließlich in die weite Ebene der Insel einzutauchen, an deren Ende schon die Lichter des Airports futuristisch blinken. Marie schaut mich von der Seite an. Fragend, angstvoll, müde. Dann wird ihr Flug aufgerufen. Ich fühle meine aufsteigenden Tränen, presse meine Lippen aufeinander. Ich will das nicht. Nichts von alledem. Wir umarmen uns als wäre es das letzte Mal. Sie küsst mich. Schaut mich an. Dann geht sie los und verschwindet hinter der Glastür. Ich bleibe stehen wie angewurzelt. Schaue ihr hinterher. Und wünschte, es würde jemand von der Regie kommen und mir zurufen „Hey, entspann dich. War nur ein blöder Witz. Hast du ernsthaft geglaubt, dass sie jetzt schon wieder zurückfliegt?! Noch dazu an deinem Geburtstag??!!". Stattdessen sehe ich

Maries Maschine aufs Flugfeld rollen, Geschwindigkeit aufnehmen und im noch dunklen Morgenhimmel verschwinden. Dann ist sie weg. Auf eine neue, noch ganz ungewohnte Art.

Auseinander rennen. Zueinander rennen.
Wegrennen und wieder hinrennen.
Sich verrennen und wie um die Wette rennen.
Und dabei stürzen. Aufeinander zu und voneinander weg.
Und abstürzen und wieder hinstürzen.
Sich voll hineinstürzen und manchmal vielleicht nur halb stürzen.
Und dann doch wieder fortstürzen.
Und fallen. Tief und hoch und manchmal weit.
Entzwei fallen und doch sich immer wieder verfallen.
Und lieben. Und immer wieder lieben.
Mitten hinein und hin und weg und zu.
Und trotz.

Was würde Tom jetzt tun? Ich wünschte, er wäre hier. Würde mich anschauen mit seinem unverwechselbaren Lächeln, mir die Haare zerstrubbeln, mich neben sich auf die Gartenbank ziehen und sagen „Aber du liebst sie, hm?". Ich würde leise nicken und ihn fragen „Was soll ich bloß tun, Tom? Weiterreisen? Hierbleiben und abwarten? Oder gleich den nächsten Flug zurück hinter ihr her nach Berlin nehmen?".
Tom würde mich daraufhin eine Weile betrachten und dann sagen: „Wenn du mich fragst, lass sie gehen. Und nicht nur sie. Lass alles gehen. Und schau was bleibt."
Ich gucke ein letztes Mal auf die große Anzeigetafel. Es ist bereits Sieben. Ich verlasse die Halle, fahre zurück ins Haus am Meer.

Sammle Holz am Strand und verbringe meinen Geburtstag am Feuer. Allein. Mit meinen Gedanken und all der inneren Aufruhr.

Tom hatte einmal gesagt, Trennung sei dumm. Trennung existiere gar nicht. Trennung gäbe es einzig und allein im Denken der Menschen. Und nur dort. In Wahrheit sei alles mit allem seit Ewigkeiten und auch in allerfernster Zukunft immerzu mit allem innigst verbunden. Der ganze Kosmos sei übrigens voll davon - nur für den Fall, dass jemand daran Zweifel hegen sollte und nach Beweisen dafür suche.

Ja, Dan dachte an Trennung. Und wusste zugleich, dass es dumm war. Ihm nicht wirklich helfen würde. Doch was sonst würde helfen? Alles loslassen und schauen was bleibt, klang in seinen Ohren verdammt fatalistisch. Und was, wenn nichts bleibt?

Tags darauf rief er David an, um die Übergabe des Hauses an Davids Freunde zu regeln, aufzuräumen und sich bereitzumachen, das Kapitel Zypern abzuschließen.

So riss er ein weiteres Mal seinen Kopf herum, befahl seinen Augen nach vorn zu schauen und erinnerte sich daran, dass er vor wenigen Wochen die erste Weltreise seines Lebens gestartet und noch nicht mal ein Minimum von all dem gesehen hatte, was sein Reiseplan bereithielt. Zwei Stunden später buchte er seinen Flug zur nächsten Destination: nach Tel Aviv.

9 Merry Christmas, Israel!

Hätte ich geahnt, dass Maschinengewehre in Israel zur Standardausrüstung gehören, ich hätte mir schon in Brandenburg eins mit in den Rucksack gesteckt. So bin ich, der überzeugte Pazifist, erst einmal ebenso unvorbereitet wie schockiert über die schier überwältigende Präsenz von tödlichen Waffen in aller Öffentlichkeit. Am Flughafen Tel Aviv ohnehin aber auch an jeder Straßenkreuzung, wie auch später im Gewimmel der Stadt, am Busbahnhof, in der U-Bahn, überall findet man sie, die vorwiegend jungen Männer und Frauen, entspannt auf ihren Handys daddelnd, doch stets das Maschinengewehr bei Fuß wie andere ihren fellbesetzten, bellenden besten Freund. Natürlich weiß ich, dass Israel sozusagen allzeit unter Beschuss steht und jederzeit der Alarm losgehen kann, welcher auch mir ab heute für die kommenden drei Wochen bedeuten wird, mich schleunigst in einem der nächsten Luftschutzbunker vor Raketenangriffen der Nachbarn in Sicherheit zu bringen. Die Maschinengewehre werden uns in einer solchen Situation allerdings nur recht wenig nützlich sein. Soll wohl eher abschreckende Wirkung haben. Und umgehende Kampfbereitschaft signalisieren, sobald man – wie und von wem auch immer - angegriffen wird.

Nach der ersten Nacht im *Postel*, einem zu einem Hostel umgebauten alten Postgebäude, in welcher ich umgehend mit Live-Musik, One-Pot-Pasta und einigen abenteuerlichen Cocktails mit mir unbekanntem Inhalt in die dort lebende internationale Community eingemeindet werde, stromere ich los. Zuerst ans Meer einen Kaffee genießen, dabei den Joggern bei Joggen und den überaus friedlichen, israelischen Hunden beim Revier abstecken beiwohnen. Links von mir erhebt sich ein einladendes Städtchen. Jaffa.

Die alte Hafenstadt erfreut sich gleich mehrerer Namen: Yafo (hebr.), Jafo (arab.). Man darf aber auch Joppa oder Japho sagen, wenn man vom südlichsten und zugleich ältesten Stadtteil Tel Avivs spricht. Jaffa also. Da kamen doch einst die leckeren israelischen Orangen her. Früher soll es hier wahrhaftig mal unzählige Orangenhaine gegeben haben. Doch das ist lange her. Jaffa, wie übrigens auch Haifa, ist die Stadt, in welcher schon seit 1900, spätestens aber seit der Staatsgründung Israels 1948, unzählige jüdische ImmigrantInnen aufschlugen, um in diesen Breiten ein neues Leben weit ab von Verfolgung, Vertreibung und Vernichtung durch die Faschisten und zugleich weitab vom allgemeinen Wahnsinn des Zweiten Weltkriegs zu beginnen.

Ich betrachte alte Fotografien von mit Menschentrauben überladenen Schiffen, welche am Hafen anlegen und erschöpft wie erwartungsvoll ihrer neuen Zukunft entgegenschauen. Versuche mir vorzustellen, wie viel unermesslichen Mut, Kraft und Lebenswille es diese Menschen wohl gekostet haben muss, unter der damaligen Bedrohung an Leib und Leben diesen unglaublichen Schritt ins Unbekannte zu machen und - oft mit nicht viel mehr als dem, was sie gerade bei sich trugen - ganz von vorne anzufangen.

Auch in Israel gaben sich über die Jahrtausende diverse Herrscher auf wenig friedvolle Weise die Türklinke in die Hand. Ich will da gar nicht in die Einzelheiten gehen und um es kurz zu machen: Es gibt kaum einen, der hier nicht mal den Daumen draufhatte. Das ist nur zu verständlich: wirtschaftlich und militärisch wie politisch eine exzellente Lage: vor einem das Mittelmeer und der offene Weg in den Westen, im Rücken dagegen das riesengroße unendliche Asien… und wer lange genug weiterfährt, kommt durchs Mittelmeer wieder direkt zuhause an. Alles in allen also ein genialer Stützpunkt für quasi alles!

Klimatisch übrigens auch recht angenehm. Sogar jetzt im Dezember. Die meisten Israelis hier sehen das zwar anders und hüllen ihre Schultern bereits in kuschelige Daunenjacken. Für Nordlichter für mich mit meinem T-Shirt am Leib und den Flip-Flops an den Füßen ist zweifelsohne nach wie vor Sommer.

Mal abgesehen vom günstigen Standort, Klima und allerlei hochbegehrten Bodenschätzen hat insbesondere Jaffa natürlich noch sehr viel mehr zu bieten: hier tummeln sich eine überwältigende Anzahl von kulturell wie religiös bedeutsamen Stätten sowie Ereignissen, welche sich hier zugetragen haben sollen. So sei z. B. von Jaffa aus Jona ins Meer gesprungen – ja, genau dort am Strand, wo ich eben noch zwanzig Sonnengrüße gemacht habe - und anschließend von dem berühmten Wal verschluckt worden. Napoleon ging genau dort an Land, wo heute hochkarätige Jachten, Ausflugsdampfer und eine Handvoll trutziger Fischerboote liegen.

Ich gönne mir das riesengroße Vergnügen, durch die Medina zu schlendern und entdecke dabei den atemberaubenden *Flea Market*, dem tagsüber als orientalischer Flohmarkt verkleideten Stadtteil. Hier gibt es wirklich alles. Ich fühle mich wie in 1001 Nacht und erlaube mir zu tun, was mir gerade in den Sinn kommt: zupfe an einer zierlichen Ukulele herum, schwenke ein echtes Samurai-Schwert, werde Hauptdarsteller beim Fotoshooting einer muslimischen Reisegruppe aus Haifa, lausche der bewegenden Lebensgeschichte eines alten Schusters, lasse mir meinen allerersten Turban binden und halte verzückt die kleinste Ölkanne der Welt in meinen Händen.

Ich liebe, was ich sehe. Alles ist schön. Lebendig. Einzigartig. Beglückend. Jaffa lädt förmlich dazu ein, eigen zu sein: Wem es gefällt, sogar etwas schrullig. Auf jeden Fall aber Lichtjahre entfernt von jedwedem Mainstream, vielleicht sogar etwas hinterm Mond zuhause. Dabei Yoga am Strand machen, einen ausgefransten Hut tragen, vor sich hin summen, fremde Menschen anquatschen, Hunde anlächeln (welche hier sogar zurücklächeln!), mit Teppichverkäufern auf einem handgeknüpften Teppich tanzen. Ja, man darf eigen sein. Und niemand stört sich dran. Ganz im Gegenteil.

Abends wenn es dunkel wird, wirft sich eben dieser Stadtteil übrigens einen gewagten Fummel über und mutiert zur wilden Partymeile mit Tanz und Musik bis zum frühen Morgen.

Rasch wurde es in den 50er Jahren im alten quirligen Hafenstädtchen Jaffa extrem eng. Also zog man ein paar Kilometer weiter und erbaute das heute mondäne Tel Aviv, was übersetzt Frühlingshügel heißt, und zwar mit Mann, Maus, Kind und Kegel. „Frühlingshügel, wie romantisch!", möchte man meinen. Ist es aber nicht. Denn Tel Aviv rockt. Und zwar knallhart. Mit Skyscrapern direkt am Strand (kann man mögen, muss man aber nicht), Universitäten, Clubs, kühlen Klötzen im Bauhaus-Stil, abgewrackten Gebäuden im Jugendstil, umfangreichen Baustellen und natürlich reihenweise Shopping-Mals. Interessehalber bin ich da mal durch geschlendert, hatte aber schnell genug vom überbordenden Hype.

Wirklich sehenswert ist hier allerdings der Sagen umwobene *Carmel Market*, welcher zu Recht in keinem Reiseführer fehlt. Der Markt ein echt wüster *Shuk*. Sonntags bis freitags werden dort von 7 bis 7 in einer endlosen Ansammlung von Marktständen unschuldiges Obst und Gemüse, Massen von toten Tieren, knusprige Falafel-Bällchen, klebriges Halva in allen Schattierungen, I-Love-TLV-T-Shirts, blutroter Granatapfelsaft von rappenden Saftverkäufern, Oliven in allen Farben und Formen, die trockensten aller Trockenfrüchte, die würzigsten Gewürze jeder Couleur und den ganzen Rest, den ich mir nicht merken kann feilgeboten.

Am besten man bringt unendlich viel Zeit mit, stellt sich auf eine enorme soziale Kontaktdichte mit mehr oder weniger beiläufigen Kuscheleinheiten ein, beschwichtigt vorab schon mal das panisch aufschreiende Trommelfell, denn laut wirds ohne Frage (hier schreit man nämlich mehr als dass man spricht… nun gut, dann wird's wenigstens auch gehört), gibt jeglichen Eigenwillen auf, hierhin oder gar dorthin laufen zu wollen und stürzt sich einfach lächelnd mit einer guten Portion *Sababa* kopfüber ins Gewühl, welches einen irgendwann sicherlich mal an einer Stelle, wo keiner mehr damit rechnet, sich aber genau dort wie zufällig eine Lücke auftut, wieder ausspuckt.

Wirklich toll ist es, hier mit leerem Magen hinzugehen und furchtlos Gerichte zu bestellen, welche nur auf Hebräisch oder – na okay, weil du es bist - ausnahmsweise auch auf Arabisch angepriesen werden. Shakshuka zum Beispiel. Kannte ich bislang noch nicht: im Grunde Eier in Tomatensauce, allerdings leicht scharf gewürzt. Gibts auch mit Spinat und Ziegenkäse – und in jeder Variation einfach super lecker!

Oder Knafeh, diese quietschsüße Speise aus Nudelteig mit Safran in Sirup ertränkt. Am besten warm aus dem Ofen. Ich weiß ja nicht, was die da sonst noch so reintun, aber hinterher grinst man auf jeden Fall unglaublich breit.

Überhaupt steht hier süß total hoch im Kurs. Halva, Baklava, Türkischer Honig, Datteln in Hülle und Fülle. Wer will da noch zuhause in der Küche stehen und weinend alleine Zwiebeln schneiden? Ich für meinen Teil habe jedenfalls beschlossen, mich voll in die hier angebotenen Köstlichkeiten zu stürzen und die gute alte Reispfanne und ihre Konsorten daheim bis auf weiteres den anderen zu überlassen.

Es ist ein Tag vor Heiligabend als ich nach einem langen Streifzug durch Jaffas bezaubernde Altstadt hinunter zum Strand laufe, mich über einen als Weihnachtsmann verkleideten Surfer amüsiere, welcher auf dem Meer herumkreuzt und beschließe eine Weile die herrliche Sonne zu genießen als mein Handy klingelt. Marie. Ich erschrecke als ich ihre Nummer erkenne, zögere kurz, bevor ich mich melde. „Hallo", sagt sie mit leiser Stimme. „Hallo", antworte ich verhalten. Dann schweigen wir. Nach einer Weile fragt sie „Wo bist du?". „In Jaffa. Am Strand". Erneutes Schweigen.

„Du bist weitergereist?!", entfährt es ihr und fügt an, sie habe gehofft, ich würde noch eine Weile auf Zypern bleiben. Überhaupt in Europa. Ich bin irritiert. Wem hätte das genutzt? Ich verstehe nicht. Dann sagt sie, sie habe überlegt, über Weihnachten zu mir zu fliegen. Für ein paar Tage.

Ich erwidere ausweichend „Ja, es wurde mir zu ungemütlich auf Zypern. Brauchte eine Veränderung. Hier in Israel ist es viel wärmer". Wieder schweigen wir. Ich weiß schlichtweg nicht was ich sagen soll. Könnte sie selbstredend fragen, wie es der Schwiegermama geht und ob sich Martin wieder beruhigt hat. Oder ob sie daheim schon einen Baum aufgestellt haben. Und was die Kinder gerade machen.

Wie es mir gehe, fragt sie mitten hinein in unser Schweigen. Beschissen, Marie, beschissen. Lenke mich hier mit viel Mühe und bewusst ab von dir und mir um nicht in Ratlosigkeit und Trauer über uns beide zu versinken. Außerdem bin ich verdammt wütend auf dich, dass du mich auf Zypern an meinem Geburtstag wegen deiner Familie einfach so hast stehen lassen, während ich Idiot dich an deinem Ehrentag auf Händen trage. Ich bin stinksauer. Was hat das eigentlich mit Liebe zu tun, wenn du mich - wann immer es dir beliebt - hervorholst, um ich im nächsten Moment wie die berühmte heiße Kartoffel wieder fallen zu lassen? Wenn du den Kick einer heimlichen Affäre brauchst, okay, dann hol ihn dir. Aber bitte bei jemanden, dem so etwas genügt. Doch was bitte würde ich mit all diesen Vorwürfen erreichen? Was genau will ich eigentlich erreichen? Auf jeden Fall will ich nicht mit meinem Gezeter an Maries Rockzipfel herumhängen und halte daher meinen Mund.

Ob ich sie noch liebe, fragt sie. Ja. Doch. Wenngleich sich meine einst so freie, überschwängliche Liebe zu dir wie hinter einem undurchsichtigen Schleier verschanzt hat. Ich kann meine Liebe zu dir sehen, ihre Umrisse erkennen, doch ist sie nun außerhalb von mir. Ich fühle sie nicht mehr im Innersten wie noch vor einigen Wochen. Habe ich das gerade laut gesagt oder nur gedacht? Ich weiß es nicht. Dann sagt sie „Ich vermisse dich, Dan".

Ich schmunzle über den Weihnachtsmann, welcher gerade gekonnt einige Surfer-Kunststückchen vorführt und spüre, wie mir die Tränen in die Augen schießen und sich ein fetter Kloß in meinem Hals breit macht. Ich will nicht weinen. Will nicht traurig sein. Will nicht wieder mitten hinein in diese Sehnsucht nach ihr, diese Sehnsucht welche mir mittlerweile so vergeblich vorkommt. Will auch nicht immer wieder aufs Neue durch Marie von meinem Reise-Flow und all den Herrlichkeiten dieser Welt fortgerissen werden. Und denke im gleichen Atemzug schon darüber nach, über Weihnachten ein paar Tage nach Berlin zu fliegen. Zu ihr. Und nur wegen ihr. Am besten gleich morgen. Oder noch besser: sofort. Über mir steigt gerade ein Flieger gen Nord-Westen auf. Da könnte ich drinsitzen, wenn ich wollte. Und sie in schon vier kurzen Stunden in meinen Armen halten.

Dann höre ich mich sagen, dass ich plane über Weihnachten in Jerusalem zu sein. Weihnachten an den Heiligen Stätten, das hätte doch was. Und später dann ans Tote Meer, Zeitung lesen. Von dort rüber nach Ägypten oder falls ich es doch deutlich wärmer brauche, gleich nach Indien. All das höre ich mich sagen und kann meinen eigenen Ohren kaum trauen.

Marie erwidert zunächst nichts, dann „Indien, das sei weit weg. Viel zu weit, um sich mal eben für ein paar Tage in den Flieger zu setzen."

Ich fühle wieder meine aufsteigende Wut. Hatte sie ernsthaft gedacht, ich trabe hier wie eine brave Ziege am Pflock durch das gut alte Europa, nur damit sie mich ohne großen Aufwand besuchen kann wann es ihr passt?! Ach Marie, ich will so viel mehr von dir als nur ein paar Tage. Marie, siehst du nicht, wie ich mich von dir losreißen muss, um noch weiter von dir wegzugehen, weil ich einfach nicht den Schmerz ertrage, nicht ganz bei dir sein zu können? Dass es nicht alleine Indien ist, was mich lockt, als vielmehr diese desolate Situation mit uns beiden ist, welche mir gegenwärtig nahelegt, schleunigst meine Beine in die Hand zu nehmen und das Weite zu suchen. Marie, begreifst du das denn nicht, schreit mein Herz. Ja ich liebe sie. Und sehen mich nach ihr. Und all das so sehr, dass es zum verrückt werden ist.

Der Weihnachtsmann kreuzt nochmals elegant auf und ab, deutet dann eine kleine Verbeugung zum Strandpublikum an, welches ihm Beifall spendend zujohlt. Das Schweigen zwischen uns vertieft sich, schlägt Wurzeln, treibt Blätter und Blüten aus und entfaltet rasch eine beeindruckende Krone. Es ist albern. Da sitzen wir in Berlin und Jaffa, pressen unsere Telefone an die Ohren ohne selber etwas zu sagen, einzig darauf wartend, dass der andere endlich etwas von sich gibt. Ich will umgehend auflegen. Und sie umgehend hier bei mir haben. Der Weihnachtsmann trägt Rigg und Board zurück ins Bootshaus, steift den langen roten Mantel ab, wirft den weißen Bart in den Sand und springt in rosa Boxershorts kopfüber in die Wellen. Etwas zu geschäftsmäßig gebe ich ein „Wollen wir erstmal auflegen? Das bringt ja so nicht wirklich was." von mir.

Dann legen wir auf. Mein Herz ist so schwer wie Chicago. Werde ich sie ganz verlieren, wenn ich weiterreise? Nach Indien, Sri Lanka, Indonesien?

Inshallah, würde der alte Schuster dazu sagen. Beim Gedanken, es mir durch meine Weiterreise mit dieser so wundervollen Frau vollkommen zu versemmeln, krümmt sich in mir alles vor Schmerz zusammen. Fühle mich so zerrissen und ratlos wie noch nie. Was würde der genuesische Hafenarbeiter mir jetzt wohl raten? Am liebsten würde ich ihn am Revers packen und fragen, was eigentlich *Con Amore, Per Amore* in diesem Kontext jetzt mal ganz konkret bedeuten soll.

Und Tom? Was würde Tom zu alldem sagen? Statt einen der beiden zu konsultieren, buche ich noch am selben Abend ein Ticket. Nach Jerusalem.

Niemals hatte ich mich als besonders religiös bezeichnet. Vor allem das, was Menschen über Jahrtausende im Namen ihrer jeweiligen Götter angerichtet hatten und auch fortgesetzt gegenwärtig kreieren, hat mich schon vor Jahren von Religion als Institution oder im Verbund mit Staat, Macht und territorialen Ansprüchen gehörigen Abstand nehmen lassen. Der Kirchenaustritt war nur eine logische Konsequenz gewesen. Was mich aber durchaus fasziniert ist die menschliche Sehnsucht nach Rückverbindung und Zugehörigkeit an etwas außerhalb ihrer selbst. Der Verbindung an etwas Größeres. Religion, so hatte ich einmal gelesen, bedeute im eigentlichen Sinne nämlich genau das: sich rückverbinden. Dieses Eingebundensein finde ich am ehesten in der Liebe aber auch in der freien Natur. Als ich vor vielen Jahren mal mit Mascha zu so einer verrückten Zelt- und Lagerfeuer-Tour in die Berge aufgebrochen war, hatte sie abends am Feuer gesagt: „Natur, das ist meine Kirche. Natur, das ist der Ort für mich, an dem ich mich wahrlich spüre und verbunden fühle. Und der Wald und die Berge, das ist der Dom, in welchem ich wirklich beten kann. Hier finde ich Antwort. Auf alles". Zunächst war ich sprachlos gewesen, aus dem Mund dieser wilden, selbstbewussten Frau solcherlei Gedanken zu vernehmen, dann aber gefühlt, wie stark ihre Worte in mir widerhallten. *Natur ist meine Kirche*, wenn ich das denke, bekomme ich Gänsehaut und mir ist, als atme seine Seele erleichtert auf. Ja, Glaube und Verbundenheit an etwas, was nicht ich bin, hat durchaus Bedeutung für mich. Nur eben nicht in den menschengemachten, üblichen Erscheinungsformen.

Jerusalem als Ort, an welchem drei große Weltreligionen zusammenkommen, oder besser gesagt, mit voller Wucht aufeinanderprallen - denn der Streit um den richtigen Gott und allen damit verbundenen Auffassungen und Ansprüchen hatte über Jahrtausende wie auch gegenwärtig immer wieder Anlass zu allen erdenklichen Gräueltaten gegeben - zieht mich schon seit längerem magisch an. Schon 5000 vor unserer Zeitrechnung lebten hier Menschen, das weisen die zahlreichen archäologischen Funde eindeutig nach. Als ich durch die dicken Mauern hindurch die Stadt betrete, spüre ich sogleich das uralte Gewicht ihrer gelebten Geschichte. Jerusalem liegt erhöht auf 600 Meter über dem Meer und versprüht einen untrüglichen Zauber, eine Magie, welcher man sich nur schwerlich entziehen kann. In dieser Magie liegt unendlich viel Schönheit, zugleich aber auch unendlich viel Angst, Anspannung und Aggression. Alles zugleich. Und das in hohem Maß. Einerseits leben hier seit Jahrtausenden Juden, Christen, Araber dicht beieinander und - ja, es gab und gibt auch Momente friedlichen Miteinanders - anderseits haben genau ebendiese es immer wieder vermocht, sich gegenseitig nach Leib und Leben zu trachten.

Nicht nur zu Weihnachten, doch dann ganz besonders, zieht diese Stadt täglich Tausende von Touristen aus aller Welt an. Einige von diesen treffe ich im Panorama–Hotel, einen etwas in die Jahre gekommenen Quartier, mit dem untrüglichen Stil der 70er Jahre, welches seine Architektur und das Interieur dieser Zeit mit stillem Stolz vor sich herträgt und mir aus meinem Panoramafenster im 8. Stock einen überwältigenden Blick hinüber zum ewig goldglänzendem Felsendom gewährt. Noch in sicherer Entfernung zum drohenden Touristenhype bestaune ich so diese alte Stadt mit seiner imposanten Mauer drumherum vom Hotelbett aus.

Der Weg ins Getümmel, welchen ich am nächsten Morgen antrete, wird flankiert von einer atemberaubenden Masse steinerner Gräber. Vom Hotelmanager erfahre ich später, dass es schon immer ein regelrechtes Gerangel darum gab, in Jerusalem begraben zu sein. Das sei nur zu verständlich, wenn denn auch nur ein Bruchteil der Gläubigen der hier versammelten Weltreligionen den Wunsch hege, möglichst nah bei den heiligen Stätten beerdigt zu werden. Das Geschäft um ein Jerusalem-Grab sei daher ein wirklich lukrativer wie florierender Businesszweig: immer wieder müssten alte Gräber ausgehoben, Knochen und Gebeine eingesammelt und der Platz frisch hergerichtet werden. Für den Nächsten. Es soll sogar schon vorgekommen sein, dass man dem dahingeschiedenen Liebsten mal wieder einen Besuch abstatten wollte und entweder nicht viel mehr als gähnende Leere oder aber schon einen vollkommen anderen Namen als den Erwarteten auf dem Grabstein vorgefunden habe. Kein Witz!

Erwartungsvoll stapfe ich also nach Kaffee und Toast mitsamt Regenschirm als treuen Begleiter los, denn man hat für die kommenden Tage Dauerregen angesagt.

Die Altstadt ist von einer dicken, alten Stadtmauer mit vier Stadttoren umgeben. Drinnen tobt um 10 Uhr morgens bereits der

Bär. Es ist fast so voll wie auf dem *Carmel Market* und das will etwas heißen. Zusammen mit allen erdenklichen Nationalitäten laufe ich durch unzählige Gassen und Gässchen, vorbei an der Geburtsstätte Marias, an Jesu Gefängnis, der Klagemauer, dem Felsendom. Ob nun religiös oder nicht, etwas Magisches haftet diesen Stätten an, deren Geschichten und handelnde Personen man doch irgendwie alle kennt. Ich staune und spaziere stundenlang umher, einzig unterbrochen von kleinen Snacks mit Teepausen, durch diese sehr besondere Stadt. Im strömenden Regen übrigens, welcher gleich kurz vorm Westtor mit voller Kraft auf mich niederprasselt.

Jerusalem, das bedeutet neben aller Heiligkeit auch eine schier schwindelerregende Vielzahl von Geschäften, Restaurants, Cafés, welche ALLES anbieten, was das Touristenherz beglückt. Auf der Via Dolorosa verkauft ein ganz gewiefter Geschäftsmann beispielsweise Dornenkränze und original Jesuslatschen, um den Leidensweg Jesu gefühlsecht wie sensibel erfahrbar zu machen. Zu Ostern sollen hier zudem Kreuze zum gleichen Zwecke feilgehalten werden, wird mir versichert. Nicht ganz ohne Grund fällt mir diese Bibelepisode von einem überaus zornigen wie tatkräftigen Jesus im Tempel ein. Der hätte dieser Tage auf jeden Fall allerhand zu tun gehabt. Zudem sind auch hier Maschinengewehre, Kameraüberwachung und grimmig dreinschauende Security omnipräsent.

Gleich am ersten Abend werde ich plötzlich auf Deutsch von der Seite mit „Hallo, wie geht's?", angesprochen. Ich bin irritiert. Meint man mich? Aber hier kennt mich doch niemand! Oder etwa doch?! Dann höre ich „Möchtest du mal die weltbesten aller Falafel-Bällchen probieren?". Nun werde ich allerdings hellhörig. Denn für Falafel, noch dazu die weltbesten, bin ich immer zu haben. Schaue mich um und da steht er: Arif. Im blütenweißen

Hemd mit smartem Lächeln und einem auf der Gabel thronendem, goldenen Kichererbsen- Bällchen in seiner Rechten. Arif hat sein Restaurant nahe dem Westtor und bietet neben Shakshuka und Hummus vor allem diese überaus köstlichen Bällchen aus Kichererbsen und allerlei Kräutern und Gewürzen an. Ob es wirklich die besten sind, wage ich natürlich nicht zu beurteilen. Wer kann das schon sagen?! Auf jeden Fall sind sie hocharomatisch, heiß, sowie außen knusprig und innen weich und verströmen zudem dieses wundervolle Aroma von Kumin, welches für mich DER Türöffner zum Orient ist. Bei einigen Gläsern Schwarztee mit Minzblättern werden wir kurzerhand Freunde.

Jeden Tag kehre ich nun bei Arif ein. Er besitzt neben hervorragenden Kochkünsten ein weiteres, ganz besonderes Talent: Arif kann in nicht weniger als sage und schreibe 24 verschiedenen Sprachen Konversation machen und schafft es so im Handumdrehen, die vorbeiflanierenden Touristen in ihrer jeweiligen Landessprache anzusprechen und schlussendlich allesamt hinein in sein Falafel-Knusperhäuschen zu locken. Zudem kann er diverse Nationalitäten schon auf zehn Meter gegen den Wind an Gang, Kleidung, Habitus treffsicher identifizieren. Wie übrigens auch mich. Was denn das typisch Deutsche an mir sei, frage ich ihn neugierig. Er zuckt die Schultern, lächelt und verrät, er vertraue meist auf sein Bauchgefühl. Bei mir sei nicht ganz sicher gewesen. Hätte auch Holland sein können. Mit Niederländisch hätte er es dann als Nächstes versucht.

Da biegt eine zehnköpfige Reisegruppe um die Ecke. Steuert direkt auf Arifs Restaurant zu. Ich tippe mal auf Nordeuropa, sage aber nichts und bin bespannt was jetzt kommt. Da legt Arif los „Hei! Miten menee? Haluatko kokeilla falafelia? Ne ovat maailman parhaita!", woraufhin die gesamte Gruppe - zeitgleich mit mir - vor Überraschung fast in Ohnmacht fällt, um im nächsten Moment gemeinsam in ein nicht enden wollendes, brüllendes Gelächter auszubrechen. Ich füge noch kichernd auf Englisch hinzu, dass es wirklich die allerbesten sind und kurz darauf ist das Restaurant voll mit zehn Bällchen knabbernder Finnen.

Ach Arif, ich liebe seinen Geschäftssinn und seine Sprachbegabung. Es ist spannender als ein Krimi, hier bei ihm zu sitzen und ihm beim Arbeiten zuzusehen. Habe mir angewöhnt, gegen Geschäftsschluss, wenn der Touristenstrom versiegt, noch mal auf ein Glas bei ihm vorbeizugehen und ihm beim Zusammenstellen der Tische und Stühle zur Hand zu gehen.

Arif erzählt über sein Leben in Jerusalem, der Stadt, in welcher er geboren ist und die er heiß und innig liebt. Über die Palästinenser, von denen einige zu seinen besten, langjährigen Freunden zählen und die ja nur einen Katzensprung entfernt von hier leben. Über den ganzen Unsinn von Krieg im Speziellen wie auch im Allgemeinen. Und wie tragisch es sei, dass dieser ewige, erbitterte Kampf um die richtige Religion, den einzig richtigen Gott, immer noch fortwährt. Selbst im 21. Jahrhundert, wo wir doch klug genug sein könnten, friedliches und auf Einigung abzielendes Konfliktmanagement zu betreiben. Die Menschen hier und hinter der Grenze wollten im Grunde doch alle dasselbe: nämlich in Frieden leben mit ihren Familien und Freunden und er könne die Hasstiraden derer nicht mehr hören, die immer wieder aufs Neue zu gegenseitigen Gräueltaten aufrufen. Die ohnehin begrenzte Zeit eines menschlichen Daseins sollte man doch zu weitaus besseren Dingen nutzen, als sich gegenseitig umzubringen. Beispielsweise zum Falafel backen und anderen sinnvollen Beiträgen zur Völkerverständigung und Freundschaftspflege zwischen den Nationen. Die Angst und Anspannung vor Attentaten und Übergriffen sei täglich spürbar wie allgegenwärtig. Sein ganzes Leben lang schon. Was stünde es Jerusalem doch gut zu Gesicht, als Vorbild für ein Miteinander unterschiedlicher Religionen und Kulturen in Frieden, Respekt, Toleranz zu fungieren? Ja vielleicht sogar sich wechselseitig Inspiration zu sein?

Mit diesen erhebenden, zukunftsweisenden Gedanken trete ich nach vier Tagen Jerusalem final aus der auf die Dauer doch beunruhigenden Schusslinie der Maschinengewehre. Arif hilft mir noch, den richtigen Bus mit dazugehörigem Ticket ans Tote Meer zu finden, denn genau da will ich morgen hin. Beim Abschied umarmen wir uns wie Brüder und später im Bus finde ich eine kleine Papiertüte mit würzig nach Kumin duftendem, kugelig-knusprigem Inhalt in meiner Jackentasche.

Weiter gehts durch das gelobte Land gen Süden. Und zwar dorthin, wo sich wirklich mit Fug und Recht behaupten lässt: tiefer kann man echt nicht sinken. Zusammen mit anderen Rucksacktouristen spuckt mich der Bus in En Gedi am Toten Meer aus. 400 Meter unter dem Meeresspiegel ist dieser besondere See gelegen und so salzig, dass jeder Versuch unterzutauchen von vornherein zum Scheitern verurteilt ist. Ein Kibbuz betreibt dort einen chilligen Campingplatz, welcher ein schöner Sammelpfuhl für Reisende aus aller Welt ist und zudem ein grandioser Ausgangspunkt in diverse Wadis, welche ich sehr empfehle zu erwandern. Mit drei anderen Reisenden aus der weiten Welt unternehme ich diverse Tagestouren und bestaune kuschelige Klippschliefer, steinharte Steinböcke, tosende Wasserfälle, erquickende Quellen aus allernächster Nähe. Von den atemberaubenden Ausblicken über das Tote Meer, den am frühen Abend golden leuchtenden Bergen Jordaniens auf der anderen Seeseite und den später dazu erstrahlenden

Abermillionen von Sternen zum berauschenden Klang der Stille einmal ganz abgesehen.

Nur das Experiment Zeitung lesen im Toten Meer entpuppt sich als Flop. Zumindest für mich. Schon beim Erstkontakt mit dem weltberühmten Salzkonzentrat schreien meine entblößten Füße derart schmerzverzerrt auf, dass ich mir ebensolches mit weitaus empfindlicheren Körperregionen vorsorglich spare. Es fühlt sich an wie gleichzeitig zu verbrennen und dabei noch gehörig gezwickt zu werden. Wer's mag…

Die Tage in En Gedi vergehen in einem bunten Mix aus multikulturellem Community-Life, eindrucksvollem Naturerleben und enden in einer rauschenden Silvesterparty unterm atemberaubenden Sternenzelt.

Die Begegnungen und Unternehmungen haken mich selbstverständlich unter und nehmen mich leichtfüßig mit. Tragen mich fort. Fort von dem was vorher war. Fort auch von Marie, die in Berlin mit der Familie, Baum und Gans Weihnachten feiert und anschließend ihr Sylvester mit einer Handvoll Seglern am Hafen verbringt. Sie schickt Fotos vom Sternenhimmel über Berlin. Und ich? Fühle, wie ich mich sträube, erneut in ein wie auch immer geartetes Wir einzutauchen. Mein Leben ist hier. Jetzt. Es ist frei. Und bunt. Und wahr. Fühlbar. Erlebbar. Echt. „Und was ist mit Marie?", fragt mich Tom. „Und was ist mit Marie?", fragt mich Christin. Frag sie doch selber, schnauze ich zurück. Die beiden gehen mir mit ihrer Fragerei gehörig auf die Nerven. Was ist denn mit Marie, verdammt? Ja Scheiße, Leute ich habe keinen blassen Schimmer was mit Marie ist. Ich wills auch nicht wissen. Und will es doch. Und will es nicht. Ich will leben. Und zwar jetzt. Will nicht mehr warten. Nicht telefonieren. Mein Handy bleibt am Tiefpunkt der Erde tagelang aus. Ich bin WhatsApp-müde.

Nie mehr können und nie mehr wollen denken.
Und doch wollen und auch weiterkönnen.
Nie mehr hoffen und nie mehr wagen denken.
Und doch weiter hoffen und auch wagen.
Nie mehr fühlen und nie mehr sehnen denken.
Und doch weiter fühlen und auch sehnen.

Nie mehr die ganze Zeit und immerzu an Dich denken denken.
Und doch immerfort und einzig nur an Dich denken.
Nie mehr all die Bilder von Dir und mir anstaunen.
Und doch weiter und weiter auf diese schauen und staunen.
Nie mehr die riesengroße Freude spüren beim Betrachten Deines Gesichts.
Und doch sich immer wieder und weiter freuen, wenn ich Dich seh.
Nie mehr nach Deinem Kuss verlangen.
Und doch immer wieder sich genau nach diesem einem Kusse sehnen.
Nie mehr wünschen, dass und wie unsere Körper eins sind.
Und doch stets wieder genau dies genauso wollen und wünschen.
Nie mehr fühlen wie innigst ich Dich liebe und begehre.
Und doch Dich immer weiter lieben und begehren.
Nie wieder denken, dass Du die bist, die ich wahrlich und einzig will.
Und doch Dich immerfort und weiter und einzig nur wollen.
Dich lassen geht nicht mehr.
Bist einfach da.
Mitten in meinem Leben.
Mir eingebrannt in Körper, Geist und Seele.
Und Dich wegzudenken einfach nicht mehr auszudenken.

Tom fragte ihn später einmal, ob eigentlich mehr der Trotz denn die Lust am Reisen ihn, Dan, dazu getrieben hatte, am zweiten Januar ein Flugticket nach Mumbai zu buchen. Kann sein, hatte Dan geantwortet. Ja, vielleicht war sein ambioniertes Tun zu diesem Zeitpunkt auch davon gespeist, Marie zu verdeutlichen, dass er unabhängig von ihr einfach sein Ding wie geplant durchzieht, während sie *Oh Tannenbaum* singend im Kreise ihrer Lieben weilt.

Definitiv aber hatte er gehörig die Nase voll davon, wie ein einsam vor sich hin schmachtender Satellit um den Planeten Marie zu kreisen.

Sehr viel mehr Lust allerdings verspürte er auf ein Indien ohne zeitliches Limit. Ohne Rückreiseticket. Auf dieses große, faszinierende Land mit seinen Tausend und mehr verschiedenen Gesichtern. Auf all die eigentümlichen Klänge, Gerüche, Gepflogenheiten dieses einzigartigen Landes Auf voll reife Mangos direkt vom Straßenstand. Auf Masala Dosa, seinem Lieblingsessen. Auf die Freundlichkeit und Liebeswürdigkeit der Inder, welche ihn schon mehrfach verzaubert hatte. Auf die Magie der jahrtausendealten indischen Kultur. Auf die unmittelbare Erfahrung gelebten Buddhismus. Auf vielfältige Naturwunder. Und auf all die eigentümlichen Klänge, Gerüche, Gepflogenheiten dieses so besonderen Landes.

10 Yogamaus in Indien

Vor vielen Jahren reiste Dan erstmals nach Indien. Mit einem Koffer voller Warnhinweise: vor dreisten Dieben, allerlei heimtückischen Krankheiten plus wochenlangen Aufenthalten in zweifelhaften sanitären Anlagen dank ungewohnter lokaler Hygienevorstellungen, Hand in Hand mit der ständig drohenden Gefahr terroristischer Anschläge.

Stattdessen fand er ein Paradies unglaublich freundlicher, warmherziger, schöner Menschen vor, eingebettet in atemberaubend üppige Natur, endlos feinsandige Strände und die vielleicht kreativste, abwechslungsreichste und köstlichste Küche der Welt. Über all dem schien eine Sonne, die gefühlt niemals unterging, ihn in eine unendlich wohlige Wärme hüllte und umgehend dahinschmelzen ließ.

Natürlich sah er auch die schrecklichen Seiten. Sah die Armut und den Dreck. Sah Mütter im Müll nach Essbarem für ihre Familien suchen. Sah Kinder, deren Füße man mit Absicht verkrüppelt hatte, nur um dadurch das Mitleid und vor allem die Freigiebigkeit der Touristen gewinnbringend zu optimieren. Sah wissbegierige, aufweckte Mädchen, denen der Schulbesuch qua Geschlecht untersagt war und die stattdessen mit 14 zwangsverheiratet wurden. Sah Flüsse, deren Wasseroberfläche unter achtlos weggeworfenen Plastikflaschen flächendeckend verborgen war. Und das, soweit das bloße Auge reichte. Im Vergleich mit vergleichsweise dem Lebensstandard in Deutschland fällt Indien ohne Zweifel in Hinblick auf Infrastruktur, Bildung, finanziellem Wohlstand und dergleichen mehr ganz weit ab. Und doch umfassen die Errungenschaften, welche sich in den sogenannten Industrienationen weitestgehend finden lassen, eben auch nur einen Teil des Ganzen.

Indien, so wie ich es vorwiegend und trotz aller Defizite erlebe, strahlt so viel Schönheit, Anmut, Glück, Freundlichkeit und Liebe aus, welche ich in unseren materiell betrachtet reichen Ländern oft vermisse. Eine alte, indische Frau erwiderte einmal auf meine Frage, was denn ihrer Meinung nach das Geheimnis der indischen Schönheit und Zufriedenheit sei folgendes: Inder haben Vertrauen. Die Menschen aus dem Westen dagegen lebten in steter Angst und Sorge, ihren hart erarbeiteten Wohlstand eines Tages wieder zu verlieren. Und dann bliebe ihnen schlichtweg nichts mehr, was für sie von Bedeutung sei. So herrsche dort unterschwellig fortwährend Angst. Und wo Angst regiere, da sei nicht gleichzeitig Platz für Vertrauen, Glück oder gar Liebe. Ich weiß noch, wie mich ihre Antwort berührte, erschütterte und sehr, sehr nachdenklich machte. Ja, Liebe und Schönheit, das sind zwei Aspekte, welche ich wohl am allermeisten mit Indien verbinde. Und jetzt bin ich in der glücklichen Situation, endlich so lange bleiben zu können wie ich will. Vielleicht bin ich doch ein wahrer Glückspilz?

Meine erste Station ist Arambol. Ein lieber Freund aus Berlin, welcher jedes Jahr gleich für mehrere Monate mit nicht nachlassender Begeisterung hierhin fliegt und meine Reiseneugier seit gefühlten Ewigkeiten mit Erzählungen pappsatt füttert, ist die treibende Kraft dafür, dass ich jetzt hier in Nord-Goa in der turbulenten Stadt am Arabischen Meer stehe.

Wie sagt man doch so schön? Die Geschmäcker sind verschieden und ich gestehe: Ich halte gerade mal geschlagene vier Tage an diesem Ort aus, welcher nicht ganz zu Unrecht in einigen Traveller-Portalen als *Ballermann Indiens* bezeichnet wird. Hätte mich hellhörig machen können, ich weiß. Hat es aber nicht. Sei's drum. Der an sich schöne und weitläufige Strand vibriert mit einer Stärke von 3,5 auf der Richterskala bei Tag und vor allem bei Nacht von diversen Bässen der Clubs und Restaurants, in denen sich Reisende aus aller Welt mit allem Erdenklichen zuerst gehörig die Kante geben, um sich anschließend tagsüber leichenblass wie schlafend am Strand davon wieder zu erholen. Und zwar bis zum Abend. Dann geht das Spiel von vorne los. Über allem wabert eine duftige Wolke aus Marihuana und Dosenbier. Nur die allgegenwärtigen indischen Kühe nehmen das Treiben der Menschen mit der ihnen innewohnenden, typischen Gelassenheit samt endlos mahlendem Unterkiefer wortlos hin. Arambol lebt zu annähernd 100 Prozent für und wegen des Tourismus. Arambol ist in meinen Augen ebenso viel indisch wie München friesisch - selbst wenn man sich mit Gummistiefeln, Fischbrötchen, gelber Öljacke und fehlerfrei Platt schnackend auf Lebenszeit am Viktualienmarkt festketten würde. Böse Zungen behaupten sogar, Arambol verschwände restlos von der Landkarte, sollten eines Tages mal die Touristenströme gänzlich ausbleiben.

Genau dort hocke ich also. Mit leichtem arambolischen Schock. Und wenn du denkst, es geht nicht mehr, kommen von irgendwo eine – nein, gleich zwei! - süße Yogamäuse her. Während ich nämlich in einem kleinen, vegetarischen Restaurant sitze und in die Tasten haue, belausche ich mit halbem Ohr meine

Tischnachbarinnen. Macht man nicht, ich weiß. Und doch: es gibt Ausnahmen. Nämlich, wenn es um *Agonda* geht. Die Mädels kommen aus Hamburg und planen gerade ihre weitere Reise durch Goa. Offenbar wollen sie demnächst bei einem echten indischen Yogi ihre Yogalehrerausbildung machen. Mit Zertifikat, Detox und allem Pipapo. Und immer wieder fällt dabei dieser ungemein verlockende Name *Agonda*. Klingt toll, allein schon vom Zuhören. Finde ich zumindest. *Agonda*. Und noch mal: *Agonda*. Also, wenn sie jetzt noch mal *Agonda* sagen, gebe ich auf. Da! Da war es gerade wieder.

Ergeben klappe ich meinen Laptop zu, drehe mich zu den beiden um, entschuldige mich für mein unangekündigtes Hereinplatzen und versinke für die kommenden zwei Stunden in einen angeregten Austausch über das Mekka der Sinnsuchenden und Yogamäuse mit diesem so überaus wohlklingenden Namen im südlichen Goa. Bestaune dabei allerlei Prospekte von Strand, Meer, Bambushütten, Yoga- Shalas, Masala Dosa und einer ca. 50-köpfigen Kuhherde. Agonda scheint haargenau der Ort zu sein, in dessen Arme ich mich werfen will. Der mich halten, wärmen, trösten soll, bis ich wieder von selbst meinen Blick hebe und offen bin für die Schönheiten und Wunder dieser Welt. Denn, um mal Tacheles zu reden: obgleich ich hier tapfer weiterreise, bin ich seelisch und emotional am Arsch. Die jüngsten Ereignisse mit Marie stecken mir bleischwer in den Knochen. Fühle mich bis zum Zerreißen aufgespannt zwischen DanundMarie und reisen und schreiben. Weiß schlichtweg nicht mehr, was richtig ist. Oder falsch. Möchte in manchen Momenten einfach alle Reisepläne aufgeben, mich in den nächsten Flieger nach Berlin setzen und mich für immer in Maries Arme werfen. Dann wieder bin ich versucht, umgehend ihre Telefonnummer mitsamt aller Herzchen, Küsschen und den wunderschönen Fotos von ihr und von uns unwiderruflich zu löschen und mich einfach in die nächstbeste Travellerin verlieben. Ich vermeide sogar darüber nachzudenken, was ich jetzt tun würde, wenn alles möglich wäre, denn ich fürchte mich vor der Eindeutigkeit der Antwort. Und vor allem vor den Konsequenzen, welche daraus erwachsen.

Die Mädels müssen los. Ihr Bus nach Agonda geht bereits in drei Stunden. Wir verabschieden uns mit einem formvollendeten *Namaste* und kaum sind die beiden um die Ecke verschwunden, klappe ich den Laptop wieder auf und beginne gutgelaunt die Busverbindungen nach Agonda zu recherchieren.

Erleichtert, das turbulente Partydorf wieder verlassen zu dürfen, trete ich bereits am nächsten Morgen den mehrstündigen, abenteuerlichen Marathon mit diversen Bussen, ebenso vielen Umsteigestationen und einer schweißtreibenden Fahrt mit extremem Gedrängefaktor (immer wieder versetzt es mich in Erstaunen, wie viele Menschen doch in einen indischen Bus hineinpassen…zirka fünfmal so viel wie in Deutschland!), beantworte all die Fragen meiner neugierigen Sitzplatzgefährten nach Name, Alter, Ehefrau, Anzahl der Kinder und ob mir Indien denn gefalle und erreiche so erschöpft aber glücklich gen Abend das Kleinod an Schönheit und Beschaulichkeit: *Agonda*!

Die Tränen schießen mir in die Augen, als ich das erste Mal diesen zauberhaften Strand betrete: nur Meer und drei Kilometer feinster, weißer Sand. Keine Bars. Keine Bässe. Keine Bikes. Selbstredend wohne ich in einer kleinen Bambushütte direkt am Strand. Einfach, schlicht und mit Ameisen, die durch mein Bett neue Trassen anlegen, wenn ich mal eine kleine Weile nicht zuhause bin. Das warme Meer, welches ich vom Bett aus rauschen höre und von eben dort bereits mit gerade mal vierzig Schritten erreiche, umarmt mich warm und zärtlich und flüstert mir zu, dass alles letztlich gut wird. Das möchte ich nur allzu gerne glauben.

In den folgen Tagen bestaune ich mein neu entdecktes Paradies mit seinen Milanen und Fischadlern, welche am hohen, blauen Himmel über mir kreisen. Frühmorgens läute ich hier den Tag mit einem Sprung ins badewannenwasserwarme, samtige Meer ein und erfreue mich danach an den durch die sanften Wogen gleitenden Delphinen, welche um diese Zeit ganz nah ans Ufer kommen, um sich dort erstmal ein saftiges Makrelenfrühstück zu erjagen. Ich freunde mich mit den überaus friedlichen, allgegenwärtigen Kühen an, welche es sich genau dort bequem machen, wo es ihnen gerade belebt: am Strand, in der Bäckerei, in der Eingangstür vom Restaurant (wo auch sonst?!) und natürlich mitten auf dem Marktplatz. Täglich bewundere ich ihre Würde, ihre Schönheit, ihre Präsenz und beginne erstmals zu begreifen, was es mit der Heiligkeit dieser Tiere auf sich hat - allein schon vom Zusehen.
Die hinduistische Mythologie betont, wie wesentlich die Kuh für das menschliche Dasein ist: gibt sie doch alles, was es für ein gutes Leben in Indien braucht: die Milch für Ghee und Lassi, welche hier nicht nur reichlich verzehrt werden, sondern auch in diversen Ritualen Einsatz finden. Den Dung als Bau- und Brennmaterial und den Urin als Medizin nach der ayurvedischen Heilslehre – um nur mal einige wenige Gaben zu nennen. Einem Brahmanen einmal im Leben eine Kuh zu schenken gilt überdies als äußerst empfehlenswert, damit dieser seine Gebete zukünftig für den Schenkenden günstig ausfallen lässt. Und dann ist da noch Kamadhenu, die Mutter aller Kühe, welche sogar Krishnas

Heranwachsen begleitet haben soll und als Erfüllerin aller Wünsche gilt.

Was ich mir wünsche? Glück. Ich will glücklich sein. Das ist eigentlich schon alles. Und, dass es mit dem Reisen und Schreiben weitergeht und mit Marie und mir alles gut wird. Was auch immer das heißt. Mein israelischer Trotz ist irgendwo über dem Meer auf dem Weg nach Indien verflogen. Im Land der Liebe und des Vertrauens bin ich wieder in Kontakt mit den Unmengen an warmen, zärtlichen Gefühlen für meine Liebste. Und das fühlt sich unendlich gut an. Und wahr. Was ich jetzt damit machen werde? Gute Frage. Und weil ich es nicht weiß, wende ich erstmal wieder den Kühen zu, teile mit ihnen großzügig mein Frühstück und versichere, an dem Tag, an welchem auch ich endlich einen Brahmanen treffe, eben diesem ein ganz besonders schönes Exemplar Kuh zu überreichen.

Alles in Agonda etabliert sich als Teil meiner Seelenmedizin, auch Masala Dosa mit Kokoslassi, welches es hier an jeder Straßenecke gibt. Agonda tut einfach gut.

Ebenso das morgendliche Yoga mit Fabienne, einer importierten Yoga-Maus aus London. Seit vier Monaten lebt sie schon hier, hat zuerst in Cafés und Kneipen in Arambol gejobbt und dann wie ich den Weg nach Agonda gefunden, wo sie anfangs noch als Kellnerin und Barkeeperin unterwegs war. Nach einer langen Kneipenschicht hatte sie einmal beiläufig fallen lassen, dass sie eigentlich Yogalehrerin sei. Im Eiltempo sprach sich das in der Kneipe wie auch den umliegenden Bambushütten der Reisenden aus aller Welt herum. Und seitdem bietet Fabienne jeden Tag Yogasessions direkt am Strand an. Auf einer kleinen Holzplanke, welche das Meer angespülte, schrieb die nun Ex-Barkeeperin in bunten Lettern *Yoga on the Beach* und markiert damit zugleich die Eintrittstür zu ihrem Freiluftyogastudio. Sobald das Schild steht, finden sich kurz später allerlei Yogamäuse mit ihren Matten ein, um mit Fabienne zu praktizieren. Nicht, dass es schon in Hülle und Fülle Yogastudios am Ort gibt, welche von früh bis spät Yoga in allen erdenklichen Stilen und bei LehrerInnen aus aller Welt anbieten. Doch Fabienne ist eben Fabienne und offeriert die Asanas auf so eine sympathische und freudvolle Art und Weise, dass selbst ich, der mit Yoga bislang nicht so recht warm werden konnte, mich zu jeder Session einfinde, dankbar in die liebevoll-heitere Stimmung eintauche, um nach zwei Stunden erfrischt und gestärkt meine Matte wieder zusammenzurollen. Bis zum nächsten Mal.

Die ersten drei Wochen streichle ich auf die Weise meine Seele und mein Gemüt und mache mein Glück perfekt in einem kleinen ayurvedischen Massagestudio am Rand des Dorfs, welches Sadhana professionell wie humorvoll führt. Wenn Sadhana Zeit hat, plaudern wir. Nach indischer Art will sie alles von mir wissen und als ich bei Marie und mir angelangt bin, tätschelt sie mir den Arm und meint „Du machen viel Massage. Gut für Körper UND Seele. Du bald wieder lachen".
Von Sadhana erfahre ich auch endlich etwas Insiderwissen über die bewegte Geschichte Goas. Der im Vergleich zu anderen indischen Bundesstaaten eher westlich orientierte und kleinste Teil Indiens, hatte glückliche Blütezeiten. Die sogenannten *Goldene Zeiten* um den Beginn des 3. Jahrhunderts v. Chr. (seitdem zumindest gibt es belegte Nachweise). Man trieb erfolgreich und ausgiebig Handel mit diversen afrikanischen wie auch südostasiatischen Ländern und erfreute sich eines nicht unbeträchtlichen Wohlstands, was sich auch im Erblühen von Kunst und Kultur niederschlug.
Als die Portugiesen dann 1510 einfielen und Goa kurzerhand zur Kolonie bis 1961 erklärten, war es im Handumdrehen vorbei mit

der goldenen Zeit. Die Portugiesen unter Führung von Vasco da Gama, welcher - wie wahrscheinlich viele Kolonisten - ein regelrechtes Arschloch gewesen sein muss, untersagte rigoros alles originär goanesische und stellt es sogar unter Androhung der Todesstrafe. Bei der Androhung allein ist es nicht geblieben: es gab regelrechte Massaker an Goanesen und ein aufschreiendes, Einhalt gebietendes Amnesty International war damals noch nicht mal der Funke eines Gedankens.

Überdies metzelte hier auch die gute alte Inquisition bis sage und schreibe 1812 massiv alles platt, was sich nicht dem frisch eingeführten Katholizismus unterwerfen wollte.

Erst 1912 mit der Ausrufung der Republik Goas wurde den Hindus wieder die freie Ausübung ihrer Religion und Kultur gestattet, wenngleich nun unter Kontrolle der Briten. 1961 marschierte dann die indische Armee in Goa ein und erwirkte die vollständige Loslösung aus europäischer Hand.

Und heute? Den Goanesen geht es im Vergleich zu anderen indischen Bundesstaaten wirtschaftlich, sozial, kulturell betrachtet relativ gut. Man lebt zum größten Teil vom Tourismus und dies anscheinend für indische Verhältnisse zufriedenstellend. Wie zum Beispiel auch Sadhana und ihr Mann Umashankar, welcher sich für die Touristen den Namen *Charlie* gab und seit fünf Jahren hier mitten in Agonda mit seinem kleinen leuchtend hellblauen Wagen ein Straßenrestaurant betreibt. Ab 12 Uhr mittags werden die Seitenfenster hochgeklappt und sämtliche Töpfe und Pfannen heißgemacht.

Charlies Wagen ist mittlerweile zu einer lokalen Institution avanciert. Man trifft sich hier zum Plaudern, um Neuigkeiten auszutauschen, dabei ein Gläschen Chai zu trinken und einen leckeren Happen zu verspeisen. Charlie kocht frisch vor den Augen seiner Gäste. Zuhause bereitet er lediglich das vor, was ihm im Tagesgeschäft einfach zu viel Zeit kosten würde: Reis,

Curryhuhn, Kichererbsen-Masala. Jeden Tag steht eine neue Kreation auf dem Speiseplan und Charlie ist ein wahrlich begnadeter Koch, schwärmt Sadhana.

Die beiden lieben sich sehr, das sehe ich sofort an ihrer beider Augen, wenn Charlie nach getaner Arbeit ins Studio kommt und bei der Liebsten seinen wohlverdienten Feierabend einläutet.

Durch die Zeitverschiebung skype ich mit Marie vorwiegend nachts. Der Ton zwischen uns hat sich verändert. Mein strombolisches Drängen und Fauchen ist zusammen mit dem israelischen Trotz unauffindbar verschollen und somit kehrt auch die Leichtigkeit zwischen uns zurück. Wir schicken Millionen Küsse und Umarmungen durch den Äther und feiern wieder - wenngleich lediglich digital - unsere Liebe. Erneut nehme sie leichtfüßig überall mit hin wie auch schon auf Korsika. Alles scheint wieder in Butter zu sein.

Dann schlägt sie eines Nachts vor, nach Indien kommen zu wollen. Und erstmals reagiere ich darauf verhalten. Staune über mich selbst. Natürlich registriert auch Marie umgehend meine ungewohnte Reaktion. Doch statt etwas zu sagen, schweigt sie. Auch ich finde zunächst keine Worte für das, was mich bewegt. Irritiert und mit Sorgenfalten auf der Stirn klettere ich in meine Bambushütte und verbringe die restliche Nacht mit Hin-und-Her-Wälzen.

Erstmals fühle ich mehr Enge denn Freude beim Gedanken, Marie hier leibhaftig bei mir zu haben. Mitten in der Nacht fragt mein tapferes Herz leise aber deutlich in die Dunkelheit hinein: „Willst du dich wieder bloß mit zwei Wochen Urlaubsflirt zufriedengeben? Ist es wirklich das, was du willst, Dan?". Ich liege niedergestreckt auf meiner Matte und fühle die Antwort mehr als dass ich sie denke. Dann schlafe ich ein.

Sadhana kommentiert mein Zögern spontan wie bestimmt mit „Schatz, du hier im Paradies. Glück und Frieden wiedergefunden. Jetzt einfach Angst, wieder verlieren an Frau mit viel Küssen. Besser suchen Frau in echte Leben". Zuerst reagierte ich mit Wut. Was maßt sich diese Sadhana da an? Marie ist doch das echte Leben! Und ich bin doch das allerbeste Beispiel dafür, meine Schätze nur allzu bereitwillig mit meinen Liebsten zu teilen. Oder? Und im Übrigen: was verstehen indische Frauen schon von europäischen Beziehungsgefügen?

Ich laufe die vier Kilometer Sandstrand mehrmals ab in der Hoffnung, Wind und Wellen würden meine aufgewühlten Gedanken und Emotionen hinfort tragen und mich zurück in meinen ungestörten Seelenfrieden befördern. Doch sie wollen mir den Gefallen nicht tun. Je länger ich unterwegs bin im Bemühen, das loszuwerden, was mich bewegt, desto leidenschaftlicher heftet es sich an meine Fersen.

Abends versuche ich Tom zu erreichen, doch der sei bei seiner Tochter in München und hat sich, wie mir die Mailbox berichtet, zwei Wochen Handyfreie Zone verordnet. Ein Spaziergang mit Tom - und sei es nur virtuell - das wäre es jetzt gewesen. Mit Tom hätte ich mir bereits beim Erzählen derart zugehört, dass ich wohl selber auf den Trichter gekommen wäre, was denn jetzt zu tun sei. Und was mit mir los ist. Hätte ich gewusst, was richtig ist. Und danach gehandelt. Müsste ich nicht länger schicksalsergeben abwarten und in Telefone schweigen. Verdammt, ich will die Dinge, mein ganzes Leben aktiv gestalten, Verantwortung für mein Erleben übernehmen, mich klar positionieren, etwas tun. Nur was?

Tage später hat es Sadhanas Analyse mühsam und hartnäckig geschafft, ihren Weg durch mein anfängliches Widerstreben zu bahnen. Da ist zweifelsohne etwas dran: Das Wohlgefühl hier weit weg von Marie hatte ich mir mühsam zurückerobert mit einem rundum Self-Care-Programm. Und nun fürchtet sich meine kuschelige, indische Wohlfühloase, die Tore zu diesem Heiligtum zu öffnen und es mit jemanden zu teilen. Jemanden, der von weit her kommt aus einer gänzlich anderen Welt und das Potential besitzt, meinen mühsam erarbeiteten, inneren Frieden im Handumdrehen wieder komplett durcheinanderzubringen. Für etwa zwei Wochen. Um mich anschließend mit einem Mount Everest von aufgewühlten Gefühlen zurückzulassen. Bis zum nächsten Mal.

Eine Stunde später sitze ich bei Sadhana. Sie lächelt mich schon von Weitem kopfwackelnd an, umarmte mich dann lange und schickt mich umgehend für die nächsten 90 Minuten in die Massage-Kabine. Zum ersten Mal schreie ich während der Massage. Doch Ajif knetet ungerührt meine Muskeln weiter und lässt sinnierend ein „Heute viel Schmerz" fallen. Ich ergebe mich seinen wissenden Händen. Liege nur noch willenlos da. Viel Schmerz - das kann man so sagen. Schwindel erfasst mich und meine Knie versagen ihren Dienst, als ich die Kabine verlasse und vorm Studio neben Sadhana niedersinke. Dann beginne ich zu erzählen. Rede mir alles von der Seele. Alle Wenn`s und Abers. Meinen Reisetraum und Marie. Diese riesengroße Sehnsucht. Nach beidem. Sadhana lässt mich reden bis kein Wort mehr kommt. Dann schaut sie mich aus ihren wunderschönen, braunen indischen Augen an, legt mir einen Arm um die Schultern und sagt „Marie nicht sagen können, Dan, komm zurück nach Berlin. Hat Angst vor zu große Verantwortung. Du vielleicht traurig und enttäuscht, wenn Liebe nicht hält. Du dann deinen Traum geopfert für kaputte Liebe".
Eins ist klar: Marie mischt seit dem Beginn unserer Liebe mein kleines Leben ordentlich auf. Und ich habe das zugelassen. Ja,

sogar willkommen geheißen und begrüßt, dass jemand wie sie so mit Volldampf in mein Leben kracht. Und doch bin ich vorsichtiger geworden. Ihr i*ch habe Familie* sitzt mir nach wie vor in den Knochen wie ein Warnsignal, welches mittlerweile dauerhaft blinkt. Wie oft würde sie das wohl noch betonen, wenn ich etwas Zukunftsvision und Verbindlichkeit mit ihr wünsche und brauche?

Ich will diese Frau und das Paradies, in welches wir auf Sardinien eintauchen durften. Allerdings will ich sie ganz und gar. Direkt, ohne WhatsApp und Skype. Ohne Lügen, ohne Heimlichkeiten.

Selbstverständlich könnte ich mir und der Welt kurzerhand erklären, ich hätte bereits genug vom Reisen, kehre einfach zurück nach Berlin, radiere so schnurstracks die Tausende von Kilometern zwischen uns aus, um endlich das unmittelbare DanundMarie zu erforschen, zu leben, zu feiern und zu genießen. Könnte sie dann jeden Tag sehen, sie küssen und umarmen, wann immer ich es wollte.

Was aber, wenn ich zurückkehre, die großen Reisepläne eingestampft, und in Berlin feststelle, dass all meine Verliebtheit, all das virtuelle Liebesgeflüster, all das Sehnen nach der Liebsten in der Ferne, all das leidenschaftliche ineinander Fallen auf den Flughäfen dieser Welt im echten Leben wie ein Kartenhaus beim leisesten Wind in sich zusammenbricht? Wäre ich enttäuscht? Aber sicher. Traurig? Auf jeden Fall!

Fest steht aber auch, dass allein schon die Vorstellung, alle Bilder, Eindrücke, Gefühle von Marie und mir ein für alle Mal zu beenden, mir derart das Herz bricht, ja sogar körperliche Schmerzen bereitet, dass ich sie gar nicht erst weiter in Erwägung ziehe. Marie ist über die vergangenen Wochen zu einem festen Bestandteil meines Lebens geworden. Der Kontakt mit ihr, wenngleich oft nur virtuell, trägt mich durch den Tag. Immer ist sie mit dabei. Und zwar bei allem, was ich tue. Marie ist mein erster und auch mein letzter Gedanke. Und nachts? Träume ich von ihr.

Es stimmt, gegenwärtig ist sie in Berlin festgezurrt wie die Ziege am Pflock und wird aktuell nicht mit mir durch die Weltgeschichte gondeln; obgleich ich mir genau das am allermeisten wünsche. Wenn also einer von uns beiden etwas bewegt – und zwar inklusive sich selbst – dann bin ich das. Ich bin also der, der Handeln muss. Und handeln kann.

„Dan selber entscheiden, was jetzt tun. Wann geht nächste Flieger nach Berlin?", fragt Sadhana mitten hinein in meine Gedanken. Ich zucke zerknirscht grinsend die Schultern. Soll ich wirklich einfach zurück nach Berlin fliegen? Muss ja auch nicht für immer sein. Vielleicht einfach mal schauen, wie es denn so ist mit Marie und mir. Wir beide in derselben Stadt. Ganz überzeugt bin ich noch nicht von dieser Idee. Und doch schaue ich diese kluge, indische Frau dankbar an. Und nicke.

Seit der Doppelsession bei Sadhana habe ich ein gutes Stück innere Klarheit zurückgewonnen und beschließe, Marie bei nächster Gelegenheit in meine Pläne einzuweihen. Ich fühle mich regelrecht beschwingt und heiter, schreibe beschwingt im Schatten der großen Palme direkt vor meiner Hütte, statte Charlie einen kulinarischen Besuch ab und töne mit Fabienne das dreifache Om.

Mit großem Brimborium verabrede ich mich dann endlich mit Marie zum Skypen, um ihr meinen wunderbaren Plan zu unterbreiten. Ich hätte sagenhafte Neuigkeiten, schreibe ich schon vorab und als es endlich soweit ist, klopft mir mein Herz bis zum Hals. Voller Begeisterung erzähle ich ihr, dass ich schon bald zurückkomme. Zu ihr. Nach Berlin. Und, dass ich sie liebe. Und endlich ganz bei ihr sein will. Dass wir uns dann immerzu sehen können. Ohne Flughafen und Urlaubsplanung. Ich rede und rede und rede.

Erst nach einer Weile realisiere ich, dass Marie mit keinem einzigen Laut auf meinen so überaus tollen Plan reagiert hat. Kein „Juhu", kein Freudengeheul. Noch nicht mal ein „Wann denn?". Einfach nichts.

Life is what happens to you while you are busy making other plans, fällt mir nicht ganz ohne Grund dazu ein. Ist das wirklich das Leben, Mr. Lennon? Jedenfalls war Maries Schweigen definitiv nicht in meinem tollen Plan vorgesehen und erwischt mich daher eiskalt. Marie wechselt rasch das Thema, so plappern wir noch eine Weile irgendetwas Belangloses, bis sie kurz später müde wird und ins Bett muss. Und ich? Hatte eigentlich vorgehabt, noch in derselben Nacht für Ende Januar zu buchen. Stattdessen liege ich hier niedergestreckt auf meiner Matratze, starre fragend die Zimmerdecke an und mache auch in dieser Nacht kein Auge mehr zu.

Am nächsten Tag schrieb er sich bei Fabienne für ein dreiwöchiges Yogaretreat in den Bergen ein und tauchte vollends unter. Die folgenden Tage waren bis zu Bersten angefüllt mit Hatha-Yoga früh um 5.30 Uhr mit anschließender Meditation, den gemeinsamen Pausen mit den anderen Teilnehmenden aus Großbritannien, Holland und Frankreich, gefolgt von zwei Stunden schweißtreibender Ashtanga-Praxis bei 34 Grad, zwei Stunden Anatomie und Yogaphilosophie, dann Chanten und Yoga Nidra am Abend, bei welchem er regelmäßig einnickte und katapultierte sich damit in eine ganz eigene Welt. Alles andere blendete er auf der Matte sowieso, aber auch bei den Mahlzeiten, am Strand und abends in der Lounge wohlweislich aus und kletterte nachts allein in seine Schlafhütte auf Stelzen, um sogleich erschöpft und randvoll von

Eindrücken einzuschlafen. Fabienne hatte empfohlen, das Handy möglichst auszustellen, um sich ganz auf den Yogaweg einlassen zu können – eine Empfehlung, welche er bereitwillig befolgte.

Nach diesen drei Wochen war er nicht nur um einiges beweglicher und fitter, sondern auch um ein Vielfaches wacher und heiterer geworden als je zuvor. Im Moment sein wurde zu seiner wesentlichen Übung. Neben Krähe, Krokodil und Held drei. Im Moment sein mit dem, was gerade war. Oft nicht viel mehr als der Koordination von Atem und Bewegung sowie dem Halten der Balance. Dem Beobachten seiner Gedanken während der Mediation, welche sich anfangs noch wie die Affen draußen auf den Bäumen jagten, peu a peu jedoch langsamer und friedvoller wurden. Den erlösenden Momenten der Stille zwischen zwei Gedanken. Dem pochenden Knie beim Sitzen. Den kontaktfreudigen Moskitos.

Seine Wut und Traurigkeit über Maries Schweigen verblich hinter all dem. Er setzte Marie in seiner Fantasie auf eine Wolke, ließ den Wind aufheulen und sie fortblasen in weite, weite Ferne. Bis zum Horizont. Und dann noch ein kleines Stückchen weiter. Genoss die Stille, die umgehend einkehrte. Die Ruhe. Den Frieden.

Zeitgleich mit dem Ende des Retreats bemerkte er, dass es Zeit war weiterzureisen. Ob es wieder der Trotz sei, hatte Tom gefragt. Nein, hatte Dan geantwortet, vielmehr sei es seine Trauer über eine verrinnende Chance, die Unkenntnis einer Alternative, gepaart mit dem Unwillen, einfach reglos stehenzubleiben, was ihn veranlasst hatte, ein Ticket in die Stadt mit dem herausfordernden Namen Thiruvananthpuram zu buchen und vor dort aus nach Sri Lanka zu fliegen.

11. Sri Lanka, point of return

„Warum eigentlich Sri Lanka?", hatte Christin vor seiner Abreise wissen wollen. Im Grunde war es einer dieser vielen Zufälle des Lebens gewesen, welcher ihm hier mal wieder den entscheidenden Impuls gegeben hatte.

Er saß in Berlin in der S- Bahn auf dem Weg nach Hause, neben ihm ein Mann, welcher wie gebannt auf seine Zeitschrift starrte. Bunte Bilder mit allerlei exotischen Tieren, Urwald, Stränden und weitläufigen Teeplantagen leuchteten daraus hervor. Anfangs versuchte Dan noch möglichst unauffällig hinüber zu linsen, doch bei weiteren fantastischen Aufnahmen von Tempeln, Elefantenherden und meerumtosten Hafenstädten wandte er sich seinem Sitznachbarn mit einem unverblümten „Whow, wo bitte ist das denn?" zu. Der andere war erst kürzlich auf Sri Lanka gewesen und hatte eben im Zeitungsshop ein National Geographic über das tropische Eiland erstanden, um seine Reiseerinnerungen noch eine Weile warmzuhalten. Es sei einfach atemberaubend gewesen, schwärmte er. Und wunderschön. Freundliche Menschen aller Ortens, vielfältige wie üppige Flora und Fauna, alte buddhistische Tempel über die gesamte Insel verteilt. Dan klebte förmlich an den Lippen des anderen. Als dieser dann auch noch selbstgeschossene Fotos aus seinem Smartphone präsentierte, war Dans Neugier vollends entflammt. Gar keine Frage: da musste er hin.

Nach dem ziemlich holprigen Flug in einer winzigen Propellermaschine landete er schließlich in der Hauptstadt Colombo und bemerkte sogleich: hier war alles anders. Anders als alles andere, was er vorher je gesehen hatte. Anders, eigentümlich und fremd.

Ich wühle mich durch die Masse der Reisenden in der Ankunftshalle und lande im grellen Sonnenschein auf dem großen Platz vorm Flughafengebäude, wo ich sogleich von einer Traube Taxifahrern umringt werde. Kühe, Palmen, Menschen rauschen auf dem Weg an mir vorbei, während ich mich zu meiner Unterkunft bringen lasse.

Das Hotel entpuppt sich als heruntergekommener Kasten direkt neben der Bahnlinie. Zwei schmuddelig wirkende Männer, welchen ich ohne Frage auch weitaus dunklere Tätigkeiten als die von Hoteliers zutrauen würde, nehmen mich argwöhnisch in Empfang. Mein Visum und Reisepass werden kritisch um und umgedreht, bis die beiden sich schlussendlich nickend darauf einigen, dass ich wohl doch derjenige sein muss, welcher auf den Papieren zu erkennen ist und mich zu meinem Zimmer führen. Die Wände sind schwarz gestrichen. Eine Klimaanlage klappert leidenschaftslos vor sich hin. Es riecht beißend nach Chlor. Ich scheine der einzige Gast zu sein. Im Hinterhof befindet sich eine Autowerkstatt und nach vorn hinaus, über die lebhaft befahrende Landstraße hinweg, ist das Meer zu sehen. Wenngleich nicht zu erreichen. Es sei denn, man übersteigt die Bahngleise. Was aber unter Androhung von Strafe strengstens untersagt ist.

Lügt National Geographic wie gedruckt, frage ich mich kurz und beschließe, dass dies hier zum Ankommen vorerst wird reichen müssen. Ein Satz, der übrigens auch auf Colombo zutrifft. Auf meine mir eigene Art erlaufe ich die Hauptstadt Sri Lankas in den folgenden drei Tagen. Fühle mich fremd. Das, was ich sehe, ist mir fern auf eine mir unbekannte Art. Es gelingt mir nicht wie sonst, hier anzudocken und bleibe so Zuschauer in einem Spiel, welches ich nicht verstehe.

Tag um Tag und Stunde um Stunde blättern die freudig erwarteten Bilder von Schönheit und Exotik ab und bringen stattdessen eine bröckelnde Fassade mit Tausenden von Granatsplittern und Einschusslöchern zum Vorschein.

Ich finde mich wieder in einem von aktuell rund zwanzig Jahren Bürgerkrieg gebeutelten Land, wobei genauer gesagt, der Machtkampf zwischen Singhalesen im Süden und Tamilen im Norden schon seit Jahrhunderten schwelt und seither das Leben der Insulaner überschattet.

Ich sehe den unermesslichen Schmerz und die Angst in den toten Augen der Männer jeden Alters. Männer mit zahlreichen Kriegsamputationen. Erhasche die ängstlichen Blicke all der traumatisierten Mädchen und Frauen aus den Fenstern und Türen heraus hinein in eine Welt, welche ihnen vor allem Hunger, Verfolgung, Vertreibung, Folter, Vergewaltigung und den schmerzlichen Verlust ihrer Liebsten beschert hat.

Die rund zwei Prozent der Bevölkerung, welche in vollumfänglichem Wohlstand mit Haus, Hof, Geld in Hülle und Fülle, Bediensteten und den notwendigen Connections ins Ausland schwelgt und manchmal das Stadtbild mit ihren noblen Karossen aufpeppt, wirken wie verirrt im Meer derer, die hier weitestgehend in großer Armut leben.

Das sind die Eindrücke, welche ich in den Randgebieten abseits der Touristenströme in Colombo, Panadura, Pitiwella, Fort Galle, Unawatuna und Talalla (kein Scherz, der Ort heißt wirklich so) über Udawalawe und Kandy bis in den Norden nach Tricomalee jeden Tag am allerhäufigsten einsammle. Ein Bild, welches sich offenbart, sobald man außerhalb der vielen schicken, stacheldrahtbewehrten Resorts unterwegs ist. Der verheerende Tsunami im Winter 2004 hat sie Lebenssituation der Insulaner zusätzlich dramatisch erschwert.

Ich werde stiller, nachdenklicher. Beginne zu begreifen, warum ich mich so fremd fühle: Ich kenne das nicht. Kenne keinen Krieg. Zum Glück. Und versuche mir das unvorstellbare - zwanzig Jahre

Bürgerkrieg, also rund ein Viertel Lebenszeit! - vorzustellen. Plus Tsunami. Und ahne nur ansatzweise, was das eigentlich bedeutet. Der in 2009 geschlossene Frieden ist nach wie vor zerbrechlich, sagen die Leute. Sie alle wünschen endlich Frieden für sich, für ihre Freunde und Familien. Der alte Mann, welcher auf einem Bein stehend vor der Markthalle in Tricomalee um Almosen bettelt, sieht das auch so.

Die Safari durch den weitläufigen Nationalpark Udawalawe mit seinen Elefantenherden, den tiefenentspannten Wasserbüffeln mitsamt Rad schlagenden, majestätischen Pfauen wie auch die weißsandigen Strände des Südens und Westens und die heimische Küche rauschen vor diesen schockierenden Bildern und Geschichten vollends an mir vorbei.

Und dann bin ich plötzlich drin. Mitten in der Schwere und Trauer dieses gebeutelten Landes. Tauche kopfüber darin hinein statt in die Korallenriffe mit den bunten Fischen des Indischen Ozeans. Während sämtliche Attraktionen im Außen verblassen, verlasse ich mein Appartement im touristischen Kandy nur noch zum Einkaufen und beginne, mehr und mehr nach innen zu gehen. Und dort brechen völlig unangekündigt alle ungelösten Fragen über mich ein, wirbeln mich um und um, überströmen mich, nehmen mir derart den Atem, dass mir Hören und Sehen vergehen, werfen mich an Land, um gleich wieder über mir zusammenzubrechen und mich erneut hinauszuziehen ins aufgewühlte Meer. Am ganzen Leib zitternd liege ich auf meinem Bett.

„Warum machst du das alles hier? Du Idiot! Gibst deinen guten Job, die Freunde und deine schöne Wohnung auf dem Land im sicheren, geordneten Deutschland auf, bloß um mit einem Rucksack durch die Weltgeschichte zu gondeln?", schreien die Fragen in meinem Kopf wie wild durcheinander und werfen mir fulminant „Was hast du denn erwartet? Ein kuscheliges Paradies?

Eitel Sonnenschein aller Ortens? Was glaubst du denn, warum die Menschen seit Jahren zu Tausenden insbesondere nach Mittel-Europa strömen? Reisen und Schreiben. Ganz toll! Und wen interessiert das? By the way - was erwartest du eigentlich von einer Frau wie Marie, deren aktuelle Lebenssituation gerade so ist wie sie ist? Wäre es denn wirklich begrüßenswert, wenn sie ihre Kinder so mir nichts dir nichts im Regen stehen lassen würde, um einem Weltenbummler wie dir hinterherzulaufen? Schon mal daran gedacht, dass Marie vielleicht auch etwas Planungssicherheit benötigt? Und wenn wir schon mal dabei sind: Was hast du ihr eigentlich zu bieten?", vor die Füße. Beugen sich zu mir herab und flüstern beschwörend „Liebst du sie denn wirklich so wie sie ist? Oder nur, wenn sie so ist, wie es dir behagt? Wenn du sie denn so sehr willst, warum hockst du dann hier immer noch in deinem tollen Selbstmitleid, anstatt deinen Arsch zu bewegen und zu ihr zu fahren, ihr unter die Augen zu treten und ihr zu zeigen, dass du es ernstmeinst mit ihr, Dan? Warum?!?"

Mein Kopf platzt. Ich winde mich. Versuche noch zu flüchten, doch die Tür nach außen ist fest verriegelt. Sie werden nicht lockerlassen. Bleiben so lange, bis ich ihnen geantwortet habe und sie restlos zufrieden sind mit dem, was ich zu alldem zu sagen habe. Vorher kommt hier keiner raus, signalisieren sie mir mit entschlossen nach vorn gerecktem Kinn und vor der Brust verschränkten Armen.

Ich bin erschöpft. Und kann doch kaum mehr schlafen. Es ist heiß, der Ventilator summt. Mitten in der Nacht rufe ich Tom an. Spreche mich aus bis ich ganz leer bin. Still werde. Und die anklagenden Stimmen vollends verstummt sind. Ursprünglich gingst du ja auf Weltreise, meint Tom, weil du mit eigenen Augen ferne Lebensräume entdecken und dabei neues, ungeahntes erleben wolltest. Weil du staunen wolltest, vor allen Weltwundern höchstpersönlich stehen und die grenzenlose Freiheit deines Seins bis zum letzten Tropfen genießen wolltest. Und natürlich schreiben. Währenddessen vielleicht sogar an einem Platz landen, welcher über weitaus attraktivere Reize verfügt als das, was ein Leben in Deutschland für dich bereithält. Stattdessen hockst du nun mutterseelenallein mitten in Sri Lanka und bist schonungslos mit dir selbst konfrontiert. Alles klebt bei 34 Grad (von den rund 50 Moskitostichen mal ganz abgesehen) und der durch die Straßen fahrende Backwaren-Tuck-Tuck lässt in Dauerschleife sein blechern schepperndes *Für Elise* durch die Lautsprecher erschallen. Währenddessen sitzt deine Marie wie einbetoniert in Berlin herum.

Jetzt weißt du nicht, wie und wo es weitergehen kann und soll. Stehst unter Druck. Klar könntest du einfach in Kandy bleiben und solange warten, bis dein Pioniergeist wieder zurückkehrt. Schließlich ist keine Horde Löwen hinter dir her, welche dich zur Eile antreibt.

Du könntest, wie andere Weltreisende auch, diese womöglich kurze Durststrecke akzeptieren, mit deinem Arsch da bleiben wo du bist, dir ein weiteres UgH beispielsweise auf einer hübschen Teeplantage in den Bergen suchen, um vom Kopf zurück auf deine Hände und Füße zu kommen.

Du könntest diese Reise natürlich auch beenden und dir sagen: Der Werktitel dieser Tour hieß ja eh *All you can travel. Reisen bis ich satt bin.* Ist es das? Bist du nach gut fünf Monaten auf Reisen bereits restlos bedient? Bist du vielleicht schon satt? Ist es einfach Zeit, zurückzukehren?

Reisen und schreiben. Ja, so hatte alles angefangen. Das war anfangs auch toll und vollkommen stimmig. Bis Marie kam. Und mein Leben nach Strich und Faden durcheinanderbrachte. Wofür ich ihr dankbar bin. Ich liebe sie. Sie hat mich total aufgemischt. Hat mein Leben und meine tollen Pläne zwar vollends auf den Kopf gestellt. Aber, hey, *Life is what happens to you...*

Und mehr noch: Marie hat dem Reisen und Schreiben eine Komponente hinzugefügt, die so essentiell ist wie das berühmte Salz in der Suppe. Hat mir das Puzzleteilchen gebracht, welche ich benötigte, um das Bild komplett zu machen. Um das Ganze zu erkennen. Um nicht nur vor Fragmenten zu stehen. Um mir zu verdeutlichen, was meinem Leben bis dahin gefehlt hat: das *Große Lieben* nämlich.

Bis dahin war das *Große Lieben* lediglich ein Traum gewesen, der wie eine rosa Wolke in meinem Kopf herum waberte. Den ich mir aber als gelebte Realität wenig bis gar nicht hatte vorstellen können. Dank Marie bin ich in genau dieses Paradies eingetreten und bekam eine Ahnung davon, was es bedeuten könnte, immerfort in diesem Glückszustand zu leben, für welchen wir eigentlich alle hier sind.

Mitten hinein in meine Gedanken höre ich Tom genau das fragen, was ich schon seit längerem befürchtet hatte. Was ich bislang erfolgreich vor mir hergeschoben habe wie ein Oberschüler seine Hausaufgaben für den nächsten Schultag. „Dan, wenn jetzt alles möglich wäre - und du weißt, es ist immer alles möglich – was würdest du dann jetzt am allerliebsten tun?". Ich erschrecke. Halte den Atem an. Sehe die Antwort kommen. Leuchtend, hell, strahlend, leicht. Ich spreche sie nicht aus. Noch nicht. Lächle ins Telefon und kann Toms eigenes Lächeln über all die tausende von Kilometern zwischen uns überdeutlich fühlen.

Als hätte sie sich mit Tom abgesprochen, schickt mir Marie tags darauf folgenden Text:

Wenn ich in den Sprachen der Menschen und Engel redete, hätte aber die Liebe nicht, wäre ich dröhnendes Erz oder eine lärmende Pauke.

Und wenn ich prophetisch reden könnte und alle Geheimnisse wüsste und alle Erkenntnis hätte; wenn ich alle Glaubenskraft besäße und Berge damit versetzen könnte, hätte aber die Liebe nicht, wäre ich nichts.

Und wenn ich meine ganze Habe verschenkte und wenn ich meinen Leib opferte, um mich zu rühmen, hätte aber die Liebe nicht, nützte es mir nichts.

Die Liebe ist langmütig, die Liebe ist gütig.
Sie ereifert sich nicht, sie prahlt nicht, sie bläht sich nicht auf.
Sie handelt nicht ungehörig, sucht nicht ihren Vorteil, lässt sich nicht zum Zorn reizen, trägt das Böse nicht nach.
Sie freut sich nicht über das Unrecht, sondern erfreut sich an der Wahrheit.
Sie erträgt alles, glaubt alles, hofft alles, hält allem stand.
Die Liebe hört niemals auf.
Prophetisches Reden hat ein Ende, Zungenrede verstummt, Erkenntnis vergeht.
Denn Stückwerk ist unser Erkennen, Stückwerk unser prophetisches Reden.
Wenn aber das Vollendete kommt, vergeht alles Stückwerk.
Als ich ein Kind war, redete ich wie ein Kind, dachte wie ein Kind und urteilte wie ein Kind.

Als ich erwachsen wurde, legte ich ab, was Kind an mir war.
Jetzt schauen wir in einen Spiegel und sehen nur rätselhafte Umrisse, dann aber schauen wir von Angesicht zu Angesicht.
Jetzt ist mein Erkennen Stückwerk, dann aber werde ich durch und durch erkennen, so wie ich auch durch und durch erkannt worden bin.
Für jetzt bleiben Glaube, Hoffnung, Liebe, diese drei; doch die Liebe ist die Größte unter ihnen.

Und fügt an, sie habe bei diesen Worten so intensiv an mich und an uns denken müssen und sich gefragt, ob nicht doch auch für sie die Liebe das Allerwichtigste im Leben sei. Diese eine, so besondere Zutat, die alles verändert, alles dreht, alles ermöglicht, alles erstrahlen lässt, alles mit Sinn und Wärme erfüllt wie keine andere Sache auf dieser Welt? Und dann „Ich liebe dich, mein Herz. Du hast so viel Licht und Freude in mein Leben gebracht. Ich vermisse dich so sehr. Und habe Angst dich zu verlieren. Du bist so verdammt weit weg. Kaum zum Aushalten. Deine Marie.“

Ich lese ihre Worte wieder und wieder, während mir die Tränen über mein Gesicht strömen. Fühle, wie sehr auch ich nach eben dieser großen, langmütigen, sanften, ewigen Liebe dürste. Wie sie mich zieht und ruft. Und wie sehr ich mir selbst, vor allem aber dem *Großen Lieben* mit meinem Trotz, meinem egoistischen Haben-Wollen, meinem Drängen und Fauchen, meinen Provokationen, meiner Angst, meinem eigenen Kleinsein, Kleindenken und auch Kleinfühlen, mit all meinem interpretierenden Misstrauen formvollendet im Weg gestanden habe. Und auch Marie. Und all den anderen davor. Wie ich kalkulierte und prognostizierte, anstatt mich selber freimütig zu verschenken.

Wo Angst regiert, ist kein Platz für Vertrauen und Liebe, hatte die alte Inderin verlauten lassen und einmal mehr erlebe ich die große Wahrheit ihrer Worte. Diesmal ganz unmittelbar und höchstpersönlich.

Es stimmt: Ich sehne mich nach genau dieser großen Liebe, weit ab von all diesem zersetzenden Beziehungskistengewühl, diesem scheinbar so normalen Wahnsinn zwischen zwei ängstlichen Egos, in welchen ich mit Marie hineingestolpert bin.

Ja, die Liebe ist das allergrößte, das allerwichtigste im Leben. Auch für mich. Und ohne Liebe ist alles nichts. Selbst reisen und schreiben verkommt zu einer lärmenden Pauke und meine Stimme gleicht dem Klang von dröhnendem Erz, habe ich die Liebe nicht.

Dann kommt sie. Ich sehe sie auf mich zurollen. Die allerletzte Welle treibt mit voller Wucht auf mich zu und brüllt mich an „Wenn du keine Angst vorm Scheitern hättest, Dan, was würdest du dann jetzt am Allerliebsten tun? Sag es, Dan! Sag es!!!". Ich lasse die Welle ungebremst über mich kommen und mich voll mitnehmen. Aller Widerstand ist perdu, zusammen mit meiner Angst. Ich öffne mich voll und ganz für meine Antwort. Für meine Wahrheit.

Und dann ist sie da. Klar. Einfach. Simpel.

Später abends rufe ich Marie an. Sage ihr, dass ich sie will. Wie sehr ich sie liebe. Und bald zurückkomme zu ihr. Ängstlich fragt sie, was dann mit dem reisen und schreiben sei und dass sie befürchte, ich könnte ihr Vorwürfe machen, wenn es nicht so liefe, wie ich es mir vorstellte. Vielleicht eines Tages sogar bereuen würde, zurückgekommen zu sein. Und wütend auf sie würde, weil ich meinen Traum an den Nagel gehängt habe. Für sie.

Ich beruhige sie. Sage, dass ich immer Zeit und Raum fürs reisen und schreiben finden werde und dass mein Entschluss wie auch meine Priorität für sie, für uns, fürs *Große Lieben* unstrittig sei. Und ich die alleinige Verantwortung für mein Handeln und meine Entscheidungen trage. Ich. Nicht sie.
Dann lässt sie alle Sorgen fahren, atmet erleichtert auf. Freut sich. Sehr sogar und fragt wann ich denn ankomme. Endlich.

Das Große Lieben

Wo kämen wir eigentlich hin, wenn alle alles und jeden immerzu
zutiefst lieben würden?
Einfach bedingungslos Ja sagen.
Es/sie/ ihn in die Arme schließen und ans Herz drücken, so wie
es gerade ist.
Wenn wir das Aufwachen liebten.
Und das Einschlafen.

Wenn wir den verträumten Blick in den dunklen Morgenhimmel
liebten wie auch den Blick auf den noch schlafenden Liebsten.
Wenn wir das Pulsieren des Blutes im linken Fuß liebten wie
auch den Geschmack des ersten Milchkaffees am Morgen.
Wenn wir das warme Wasser in der Dusche liebten und den
blumigen Duft des Shampoos.
Wenn wir die Kleidung liebten, welche wir heute gewählt haben
und das Körpergefühl, wenn wir uns mit ihr einhüllen.
Wenn wir unsere Schritte morgens sie Treppe runter zum Auto
liebten und das Umdrehen des Zündschlüssels - einfach so?

Wenn wir die Stimme des Radiomoderators liebten, der den Wetterbericht des heutigen Tages verkündet.

Wenn wir das heisere Bellen des alten Nachbarhundes lieben würden und natürlich die rote Katze, die die kleine Straße vorm Haus entlanghuscht.

Wenn wir das Hochfahren des Computers im Büro liebten und das Gespräch mit der Sekretärin auf dem Flur.

Was wenn wir voller Hingabe den sanften Wind auf dem Gesicht lieben würden und das goldene Leuchten der herbstlich gefärbten Bäume?

Wenn wir die Bäckerin lieben würden, die köstliche Schokocroissants verkauft.

Was wenn wir das Wochenende lieben würden mit all die Verabredungen und Unternehmungen?

Wenn wir die laute Musik auf der Party und den coolen Flohmarkt am Sonntag in der großen Stadt mit all den Menschen aus der ganzen Welt einfach lieben würden?

Was, wenn wir einfach ab heute - nein, halt! - ab jetzt, gar keinen Unterschied mehr machen würden zwischen gestern, heute und morgen, mein, dein, ich und die anderen?

Stattdessen einfach beide Arme ganz weit ausbreiten würden und: einfach alles lieben was ist?

Und wie es ist?

Dich selbst natürlich eingeschlossen.

Wo kämen wir da wohl hin?

Und wenn das dann auf einmal einfach alle machen würden.

Und vor allem: immerzu?

Wo kämen wir da nur hin?

Sein Entschluss sollte von vollkommen unerwarteter Warte aus nochmals geprüft werden. Im Zug seiner Recherchen nach geeigneten Flügen las er seit Wochen mal wieder die Nachrichten aus aller Welt und erfuhr so erstmals vom Corona-Virus, welches seit Januar die Welt voll vollends im Griff zu haben schien und seitdem auf dem Weg war, sich längerfristig weltweit einen Namen zu machen. Gruselige Bilder aus China, Italien, Deutschland, Spanien fand er da, studierte die Berichte wie auch die höchst beunruhigenden Reisewarnungen des Auswärtigen Amts. Es war bereits abzusehen, dass sich die Situation weiter zuspitzen würde und sorgloses Reisen massiv erschwert bis unmöglich würde.

Auf den Straßen von Tricomalee begann man sogar schon, ihn zu meiden, im Bus den weit möglichst entfernten Sitzplatz einzunehmen und ihm verächtlich „Corona"" hinterherzurufen. Eine bizarre, bisweilen sogar beängstigenden Situation, welche seinem Wunsch, baldmöglichst abzureisen zusätzliche Schubkraft verlieh.

Alle wollten nur noch weg. Nach Hause. Das trieb die Flugpreise über Nacht dramatisch in die Höhe. Für astronomische Unsummen über Dubai und London erstand er schließlich ein Ticket für den nächsten Tag. Zurück nach Berlin.

Und das war auch gut so, denn schon drei Tage später sollte der Flughafen für den internationalen Flugverkehr für rund sechs Monate angesichts der Pandemie geschlossen werden, was die Reisenden, die sich zeitgleich mit Dan auf den Weg machen, zu dem Zeitpunkt noch nicht einmal ahnten.

Dann cancelte die Fluggesellschaft drei Stunden vor Abflug ersatzlos zwei der gebuchten Flugetappen. Wegen Corona. Der Weg zurück ins Vertraute wurde ungewiss und fragwürdig. Vorsorglich ließ er sich online auf die Abholliste des Auswärtigen Amts setzten, wo ihm zugesichert wurde, kein Tourist würde im Ausland vergessen. Man soll einfach abwarten, bis man aufgerufen wurde und bis dahin Ruhe bewahren. Ein Aufruf, welcher nebenbei bemerkt, bis zum heutigen Tag, an welchem er schon seit langem wieder in Berlin ist, niemals erfolgte.

Die Situation auf dem Flughafen gestaltet sich äußerst angespannt. Über Hundert nervöse, ängstliche Reisende drängen sich um den Serviceschalter, um dort aus erster Hand aktuelle Informationen zu ihren Flügen zu erhaschen.

Endlich bin ich dran. Wundersamerweise teilt mir der unterm Mundschutz versteckte Servicemitarbeiter mit, dass mein Flug wie geplant erfolgen wird, wenngleich mit anderen Airlines. Dann schaut er auf seine Armbanduhr – noch 3 ½ Stunden bis zum Abflug – und fügt mit verschmitzten Äuglein hinzu „Naja, zumindest ist er im Moment noch nicht gestrichen". Ein echter Spaßvogel. Sonst ja gerne für jeden Scherz zu haben, lächle ich heute ausnahmsweise nur verhalten.

Die Wartehalle platzt aus allen Nähten: zahllose Reisende starren wie gebannt auf die riesigen Anzeigetafeln, auf welchen *cancelled* zum neuen Lieblingswort erkoren wurde, nippen gedankenverloren an ihren Kaffeebechern, telefonieren aufgeregt, beschäftigen die aufgewühlten Nerven mit Kartenspielen oder haben sich bereits auf längeres Verweilen eingestellt und schlummern auf ihren Gepäckstücken friedlich vor sich hin. Auch ich starre in der verbleibenden Zeit gebannt mit und spüre deutliche Erleichterung, als um 17:20 wirklich zum Boarding aufgerufen wird. Auch Tom, Marie, Micha und Christin atmen erleichtert bei dieser Nachricht auf.

Dann ist Zwischenstation in Dubai und wieder folgen vier Stunden banges Harren ob der Weiterreise inmitten von Tausenden Reisenden aus aller Welt. Doch wieder habe ich Glück und meine Reise geht wundersamerweise weiter.

Am frühen Morgen lande ich und die anderen Glücklichen müde und mit den Nerven am Ende in Heathrow. Zurück im vertrauten, alten Europa bemerke ich, dass ich endlich mal wieder voll durchatme. Wenn ich es bis hierhin schaffe, so sage ich mir, schaffe ich es auch nach Berlin.

Doch die Erleichterung weicht schon bald zunehmender Besorgnis. Ich ziehe mir die aktuellen Tagesnews rein: Europa schottet sich ab. Einreise nur noch erlaubt für EU-Bürger. Wer den falschen Pass hat, bleibt fortan draußen.

Wenig später spielen sich vor meinen Augen gänzlich ungewohnte Szenen beim Check-in ab: von den rund 140 Fluggästen nach Berlin TXL erhalten nicht alle eine Bordkante. Eine etwa zehnköpfige, dunkelhäutige Schar bleibt fassungslos hinterm Check-In-Counter zurück. Zwei davon brechen in Tränen aus und schauen uns verzweifelt hinterher. Mich überfällt eine vage Ahnung, wie sich das anfühlen muss. Sich nicht mehr frei bewegen können. Grenzen erfahren, welche von außen über Nacht verfügt werden. Zurückgewiesen. Ausgegrenzt. Nicht mehr nach Hause können, wo auch immer das ist. Die Freude und Erleichterung über mein ungehindertes Passieren zur finalen Etappe weichen einer mehr als nur mulmigen Beklommenheit.

12 Breakdown Berlin

Diesmal bin ganz ohne Zweifel ich derjenige, welcher erschöpft und übermüdet die Eingangshalle betritt. Ich sehe Marie schon von Weitem in der Menge der Wartenden stehen in ihrem grünen Pulli, der ihr so gut steht und diesen perfekten Kontrast zu ihrem rötlich schimmernden Haar bildet. Ihre Hände hat sie tief in ihren Jeans vergraben. Es ist seltsam, wieder hier im Norden Berlins auf dem Flughafen zu stehen. Und das auf unbestimmte Zeit. Alles ist vertraut hier und doch über die knapp sechs Monate seltsam fremd geworden. Ich mache ein paar unsichere Schritte auf meine Liebste zu. Wir umarmen uns. Und obgleich ich sie deutlich fühlen kann, scheint etwas zwischen uns zu stehen. Was auch immer das ist. Ich erreiche sie nicht wirklich. Zumindest nicht so, wie ich mir das wünsche. Nämlich so ganz ohne Raum für das kleinste Blatt Papier dazwischen. Nein, so ist es nicht. Es fühlt sich vielmehr so an, als sei eine unsichtbare Membran zwischen uns gewachsen. Ich versuche sie küssen, um mich mehr mit ihr zu verbinden. Doch wir verschmelzen nicht wie sonst. Sie schlägt vor, einen Kaffee trinken zu gehen. Wir ergattern zwei freie Hocker an der Bar, rühren Zucker in aufgeschäumte Milch und betreten zunächst ungefährliches Terrain: wir reden. Sie lässt sich von mir meine 26-stündige Rückreise-Odyssee in allen Details darlegen und ich erzähle, obgleich ich mir unsere erste Begegnung nach all den Wochen des Getrenntseins durchaus leidenschaftlicher vorgestellt hatte. *Life ist what happens to you*.... Nach rund zwei Stunden nüchterner Wiedersehensfeier auf dem Flughafen deutet Marie mir an, zurück nach Hause zu müssen und ob sie mich irgendwo absetzten könnte. In meinen kühnsten Träumen hatte ich mir natürlich gewünscht, die erste Nacht zurück in Deutschland in den Armen meiner Geliebten zu verbringen, weise vorrausschauend mich aber schon mal bei Tom angekündigt, um nicht noch spät in der Nacht ein Hotelzimmer suchen zu müssen. Ein leises Stimmchen flüstert mir noch „Eine Freundin, die dich jetzt zu sich mit in ihr behagliches Zuhause nimmt nach all den Strapazen und Mühen, die du für euer beider Zusammensein auf dich genommen hast, wäre jetzt auch nicht ganz von der Hand zu weisen, hm?". Ich wische die Stimme beiseite und nenne Marie stattdessen Toms Adresse.

Die Stimmung beim Abschied ist betreten. Erwartet sie, dass ich sie mit reinnehmen? Jedenfalls wirkt sie verstimmt, als ich meine Siebensachen packe und verkünde, jetzt rein zu Tom zu gehen. Doch ich bin wirklich erschöpft von der Reise, wünsche mir dringend eine heiße Dusche und etwas willkommen heißende Behaglichkeit. Ich umarme Marie nochmal kurz und trabe dann den kleinen Weg hoch zu Toms Haus.

Die Tür steht bereits weit offen, als ich um die Ecke biege, und kurz später liege ich wohlbehalten in Toms Armen.

Tom tut so gut. Wie immer. Ich fühle mich willkommen, aufgehoben. Und atme seit Colombo erstmals wieder auf. Meine alte Wohnung ist natürlich vermietet, doch Tom hat kurzerhand sein Arbeitszimmer für mich freigeräumt und mir bedeutet, es mir doch bitte gemütlich zu machen und so lange zu blieben, wie es mir beliebt. Ich liebe diesen Kerl, ehrlich. Seine geöffnete Tür wie auch sein allzeit offenes Herz sind kostbarer, heilsamer Balsam für mich. Grundsätzlich, aber vor allem gerade auch jetzt in dieser so besonderen Situation. Wir kochen Spaghetti, trinken Rotwein und dann will Tom alles wissen, ohne Telefon und Skype zwischen uns. So sitzen am Küchentisch bis spät in die Nacht und ich genieße es, mich wieder ein Stückchen zuhause zu fühlen.

„Und Marie?", fragt Tom irgendwann. „Hat mich vom Flughafen abgeholt", erwidere ich trocken. Tom schaut mich bedeutungsschwanger an, nickt und schenkt uns beiden nochmals nach. „Und jetzt ist sie wieder bei ihrer Familie?" will er noch wissen. Ich nicke und schaue ebenso bedeutungsschwanger zurück „Wann seht ihr euch wieder?", erkundigt sich Tom. Ich zucke die Schultern „Keine Ahnung, wir haben nichts verabredet", konstatiere ich und bin selber erschrocken von meiner so nüchternen Antwort.

Viele Monate später fragte ihn Micha, was genau dieses Experiment Dan und Marie zusammen in einer Stadt eigentlich genau bedeutet habe und was dabei letztendlich herausgekommen sei. Und erst in der Rückschau sollte es Dan gelingen, hierauf eine halbwegs zufriedenstellende Antwort zu geben. Als allererstes benötigte er für sein Experiment eine ungestörte Basis. Darum mietete er eine kleine, möblierte Wohnung an, in welcher er sich wohnen und sich zudem mit Marie treffen konnte. Denn obgleich Martin mittlerweile von Dans Existenz wusste, blieb Dan gleichbleibend ahnungslos darüber, was genau Marie denn über sie beide hatte verlauten lassen. Und Marie schwieg sich fortgesetzt darüber auf ihre unerbittliche Art und Weise aus. Die beiden Männer waren sich einmal sogar in Maries Zuhause über den Weg gelaufen, allerdings fühlte sich Dan dort alles andere als wohl oder gar frei genug, um mit Maire ungezwungen zu sein. Marie war es im Übrigen nicht viel anders gegangen und reagierte sichtlich erleichtert, als Dan verkündete, diese vollmöblierte, gemütliche wie neutrale Basis in Berlin-Pankow gemietet zu haben. Ab da konnten sie sich auf den Inhalt des Experiments einlassen: miteinander Zeit haben, sich im Alltag begegnen, tun worauf sie miteinander Lust hatten, sich allmählich kennenlernen ohne den zeitlichen Druck eines nicht vorhandenen morgens. Soweit der Plan.

Und das Ergebnis? Ließ sich am besten mit dem allersten gemeinsamen Abend in seinem neuen Domizil, Stempelküssen und einer Motorradkluft darstellen. Nachdem er sich mit seinem neuen Zuhause vertraut gemacht hatte, war es endlich soweit: er lud Marie zu sich ein und freute sich schon auf einen innigen, leidenschaftlichen Abend in trauter Zweisamkeit mit der Frau seines Herzens. Diese fuhr zu gegebener Zeit mit knatternder Maschine auf den Hof, stieg steifbeinig ab, schüttelte sich das unterm Helm plattgerückte Haar zurecht und stakste in voller Montur auf ihn zu. Er hatte sich ausgemalt, sie erstmal ausgiebig zu umarmen und zu küssen, doch den Knie- und Ellenbogenschonern waren solcherlei zwischenmenschliche Interaktionen allzu fremd. Stattdessen begrüßte Marie ihn mit einem Stempelküsschen (man spitzt dazu die Lippen und drückt dem gegenüber mit so viel Effet ein Küsschen auf, dass durch den Rückstoß die Lippen nach kurzer Berührung rasch wieder voneinander abprallen - etwa so, wie ein Beamter einen Stempel unter ein verfasstes Dokument platziert), trat Dan dabei zu allem Überfluss mit ihren Stahlkappenschuhen auf die nackten Zehen und hielt ihn somit äußerst erfolgreich auf Abstand. Und weil Marie auch im Weiteren keine Anstalten machte, ihren Ganzkörperpanzerung zu lockern, blieben seine Bemühungen, ihre Begegnung etwas sinnlicher zu gestalten, weitestgehend erfolglos.

Nach gut zwei Stunden verkündete sie dann, sie müsse los. Er fragte noch, ob sie nicht über Nacht bleiben wolle, doch sie entgegnete, sie müsse am nächsten morgen früh raus. Dabei beließ Dan es dann auch und schaute ihr noch irritiert hinterher, als sie kurz darauf geräuschvoll vom Hof brauste. So oder so ähnlich verliefen in den folgenden rund acht Monaten auch ihre weiteren Begegnungen. Marie war stets wie auf dem Sprung und wenn er sie mal darauf ansprach, ging sie sogleich hoch wie von der Tarantel gestochen und fauchte ihn an, sie habe schließlich Job und Familie und wäre eben nicht allzeit bereit und was er sich denn einbilde.

Und weil Marie weitestgehend abweisend war, wurde auch Dan von Mal zu Mal zurückhaltender, spröder, mutloser, was ihrer beider glückliche Wiedervereinigung anging. Als sie ihn dann wegen seiner zunehmenden Zurückhaltung ihr gegenüber ansprach und ob er sie denn gar nicht mehr liebe und begehre, brach er nur noch in Höllengelächter aus, was sie mit unverständigem Kopfschütteln quittierte.

Sie stritten nie. Kamen sich auch sonst weder körperlich noch geistig wirklich nochmals nahe, rannten aber dennoch, als könnten sie ihre Kontaktlosigkeit gar nicht so recht fassen, über geschlagene acht Monate immer wieder aufs Neue zueinander hin, nur um in immer kürzeren Intervallen wieder und wieder enttäuscht und ernüchtert voneinander wegzurennen.

Als Tom ihn mal fragte, wie lange er das eigentlich noch mitmachen wolle, hatte Dan nur verzweifelt die Schultern gezuckt und zurückgefragt „Wie lange dauert eine Liebe, Tom?". Nach Toms Antwort „Solange, wie du daran glaubst" hatte Dan nur tonlos „Dann ist es vorbei", resümiert.

Später hatte Tom sich geräuspert und gefragt „Wenn es denn vorbei ist, warum triffst du dich noch mit ihr?". Dan hatte nicht aufgeschaut und nur gemurmelt „Weil ich es noch nicht wirklich glauben kann, dass das nun alles gewesen sein soll und ich deswegen meine Weltreise abgebrochen habe".

Ob er Marie einmal gefragt habe, warum sie seit seiner Rückkehr so unglaublich unerreichbar sei. Hatte er. Und darauf nicht viel mehr als ihr donnerndes Schweigen geerntet. Wenn sie wolle, könne sie schweigen wie der Tod, hatte sie zudem erwidert. Das konnte er sich mittlerweile nur zu gut vorstellen und fürchtete sich vor dieser tödlichen Waffe ihrer Kommunikation.

Between what is said and not meant ans meant but not said much love is lost, so schrieb einst der libanesische Dichter und Philosoph Khalih Gibran und in den letzten Wochen mit Marie musste Dan fast täglich an diese Worte denken.

Er fühlte täglich, wie die Liebe zwischen ihm und Marie zusehends weniger wurde. Und verzweifelte schier daran. Konnte nicht mehr schlafen und nicht mehr essen. Magerte ab und fühlte sich so flatterig wie ein einzelnes Herbstblatt im Wind. Manchmal wünschte er sich, dass sie einfach ganz und gar geht. Nicht bloß so ein bisschen da ist. Dann lieber gleich ganz weg ist. Sie sollte komplett aus seinem Leben verschwinden, damit er endlich wieder frei sein konnte. Denn selber gehen, das konnte er zu diesem Zeitpunkt einfach nicht. Ihm fehlte schlichtweg die Kraft dafür. Und auch der Mut. Außerdem wollte er nicht schon wieder die Verantwortung übernehmen für alles, was zwischen ihm und Marie geschah oder auch nicht geschah.

Dann wieder sollte sie auf ewig bleiben, sich umgehend in seine Arme werfen und kurzerhand all die errichteten Mauern mit ihm gemeinsam einreißen, ihn küssen, herzen und ihn so liebevoll empfangen wie einst auf Sardinien, als kein Blatt Papier zwischen die beiden Liebenden gepasst hatte. Zwischen diesen beiden Möglichkeiten taumelte er kopfüber und handlungsunfähig wie ein Gehängter.

Es war ein verrücktes Spiel, was sie miteinander spielten: er und Marie gestanden sich in den folgenden Wochen und Monaten fast täglich flammend ihre Liebe und machten leidenschaftliche Pläne für ihr Zusammensein, um schon im nächsten Moment schonungslos an ihrer abweisenden Realität zu kollidieren. Einer Realität, welche am allermeisten durch wechselseitige Nichterreichbarkeit und irritierte wie enttäuschte und verletzten beiderseitige Rückzüge gezeichnet war. Dann erklärten sie abwechselnd ihre gemeinsame Geschichte für heillos gescheitert, nur um schon nach wenigen Stunden wieder mit voller Leidenschaft und schmerzlichem Vermissen aufeinander zu zu rennen.

In dieser Zeit war ich pausenlos sehnsüchtig nach Marie und nach allem von ihr. Kaum betrat sie dann den Raum, fühlte ich vorwiegend die Befremdnis, welche sich zwischen uns breitgemacht hatte. Was mich am meisten bekümmerte war, dass ich sie schlichtweg nicht erreichen konnte. Also nicht so, wie das eigentlich wollte. Ich wäre am liebsten vollständig in sie hineingekrochen, in ihre Gedanken und Gefühle und ganz unter ihre Haut. Ich wollte sie von innen sehen, hören und fühlen. Ich wollte mitten in ihrem Leben und permanent mit ihr verbunden sind. Und zerbrach daran, bloß Zuschauer am Rand eines fernen Geschehens zu sein.

Aus Sternenstaub entstanden trat ich ein in Deine Umlaufbahn.
Zieh meine Kreise unaufhörlich um Dich seitdem.
Dein Licht scheint auf mich.
Ich werfe Schatten Dir zur Antwort.

Hab ich Dich nicht, geht meine Sonne unter und dunkel ists um mich herum.
Fliegt kein Vogel am endlosen Himmel.
Auch scheint kein Mond mir in der Nacht.
Bin fest verankert nun in Deiner Umlaufbahn und ziehe meine Kreise dort Tag und Nacht.

Ja sie ist meine Sonne. Egal wie schwierig wir es miteinander haben. Manchmal fahre ich sogar nachts zu ihr, parke mein Auto eine Straße weiter, bloß um in ihrer Nähe zu sein. Zugleich bin ich nicht der Lage, wirklich zu ihr zu gehen. Stattdessen stehe ich stundenlang in der Dunkelheit der Nacht vor ihrem Haus, rauche unzählige Zigaretten um meine aufgeriebenen Nerven zu beruhigen und fahre erst nach Hause, wenn der erste Silberstreif des wiederkehrenden Lichts am Horizont erscheint und ich Marie die Treppe herunter in die Küche kommen sehe. Ich benehme mich wie ein Stalker. Und schäme sich dafür. Doch gleichzeitig kann ich nicht anders. Denn Marie ist mein Leben. Nur wegen ihr bin ich überhaupt hier. Ich hänge an der Nadel wie ein Junkie, zitternd wartend auf den nächsten Schuss. Es ist zum Wahnsinnigwerden.

Ich bin dermaßen verzweifelt über mich und Marie, dass ich sicher bin, nur noch ein Wunder wird uns noch helfen können. Darum bin ich heute hinaus in die Felder gegangen, um viele Stunden durch die fast schon winterliche Natur zu laufen. Einfach gehen, mich an der Schönheit der Natur erfreuen, auf ein paar andere Gedanken kommen. Ja, mein Experiment mit Marie ist gescheitert. Ich komme keinen Millimeter mehr weiter. Die Tür ins gemeinsame Paradies ist unzweideutig verschlossen, ganz egal wie sehr ich auch daran rüttle. Marie scheint sich mit diesem Zustand weitestgehend abgefunden zu haben und taucht zur Ablenkung bei Mads in der Segelschule ab, so oft es ihr möglich ist, denke ich noch und dann passiert es: mitten im Wald breche ich plötzlich nach Luft ringend und tränenüberströmt zusammen, sinke auf meine Knie, am ganzen Leib zitternd und schluchzend. Ich weiß nicht wie lange ich dort am Boden gekauert habe, irgendwann jedenfalls hebe ich meinen Blick, sehe die mächtigen Baumkronen über mir und das helle Sonnenlicht, welches durch die Äste auf mich am Boden hockend bricht. Betrachte die Schönheit, Würde und Ewigkeit um mich herum voller Erstaunen. Wenn es überhaupt so etwas wie Wunder gibt, dann finde ich sie hier, mitten in der Fülle der Natur, soviel ist gewiss. Natur ist meine Kirche, hatte Mascha einst gesagt. Genau dasselbe fühle ich hier auf meinen Knien mitten im Wald und bete. Ich bitte um ein Wunder.

Und weiß, was jetzt kommt klingt wirklich ziemlich verrückt. Und doch: ich erhalte, worum ich gebeten hatte. Bekomme es sogar postwendend: mein Wunder. Äußerst leichtfüßig kommt es des Wegs daher und bewegt sich wie eine Lichterscheinung direkt auf mich zu. Fast tanzend, lächelnd, ganz in Gelb und Weiß gekleidet, um den Kopf locker ein blütenweißes Tuch geschlungen. Das leicht gebräunte Gesicht ist voller Sommersprossen und die grünen Augen blitzen mich so vergnügt an, so als ob wir uns kennen würden. Zu meiner unendlichen Verblüffung hakt es sich sogleich wortlos bei mir unter und spaziert mit mir für den restlichen Tag durch den Wald und später noch durch die ganze Stadt. Stumm vor Erstaunen genieße ich einfach seine selbstverständliche wie wohltuende Anwesenheit.

Das Wunder hat einen Namen: Joy. Joy macht alles, wonach ich mich sehne. Und das, ohne wirklich etwas zu tun. Ist einfach da. Ist mein Bissen Brot, den man einem Hungrigen hinreicht. Und ich stürze mich begierig darauf. Es tut so gut. Und nach all den Dramen, Sorgen, Unsicherheiten, Anstrengungen der vergangenen Wochen und Monate fühle ich erstmals wieder so etwas wie Zuversicht und Freude. Zugleich habe ich Angst, dass mein Wunder, genauso wie es plötzlich einfach im Wald vor mir gestanden hat, wieder aus meinem Leben verschwinden könnte. Doch darüber sprechen wir nicht. Will nicht wie eine riesengroße

Riesenklette an Joys Mantel kleben, welche man nur eiligst versucht abzuzupfen und zurück in den Wald zu schleudern. Doch Joy hat kein Problem mit Kletten am Mantel und nimmt mich ganz selbstverständlich überall mit hin.

Wir treffen uns von da an jeden Tag. Später bleibt Joy auch über Nacht. Und zieht irgendwann ganz bei mir ein. Ich beruhige mich und komme wieder auf die Füße. Schlafe wieder durch. Meistens streifen wir tagsüber einfach durch die Stadt wie zwei neugierige Touristen, gehen ins Theater und ins Kino, laden Freunde ein und trinken Milchkaffee in der Wintersonne. Wir reden kaum. Am allerwenigsten über das Drama mit Marie. Oder über meine Reise und das Schreiben und wie jetzt alles weitergehen soll. Stattdessen mache ich mich mit dem Gedanken vertraut, dass Joy von da an immer da sein wird. Ganz gleich was noch passiert. Und dass mir das allein schon vollends reichen wird. Auch ganz ohne Worte und jedwedes Versprechen. Für immer. Wenn ich denn wollte. Und ich wollte. Heute weiß ich es ganz sicher.

Dass ich Tom und Joy miteinander bekannt machen würde, liegt auf der Hand. Die beiden verstehen sich auf Anhieb bestens. Tom ziehe ich seit unserem ersten gemeinsamen Abend gern damit auf, sogar etwas verliebt in Joy zu sein, was ihn stets schmunzeln wie auch leicht erröten lässt. Unser erstes Zusammentreffen bei Tom ist heiter, bewegt und tiefsinnig zugleich und besiegelt unseren Pakt für baldige weitere Zusammenkünfte. Joy ist klug wie Tom, nur anders. Joy blickt einfach direkt in die Herzen. Und das noch viel Wundersamere dabei ist: egal was dort erkannt wird, es ist stets willkommen genauso wie es ist. Mit allen Ecken und Kanten. Joy suggeriert mit unnachahmlicher Leichtigkeit, dass eben diese Ecken und Kanten ganz genau so richtig sind, ja genau genommen so und gar nicht anders seien müssen. Zudem ist Joy unglaublich beziehungsweise. Keine Ahnung woher sie immer haargenau weiß, was in Beziehungen jeglicher Couleur das Richtige ist. Und doch: sie weiß es einfach. Mit 100%iger Treffsicherheit.

Als ich ihr erstmals beim einem unserer Spaziergänge eine neue, alte DanundMarie-Episode präsentiere, nimmt sie mich beim Arm, schaut mir tief in Augen und sagt: „Mein lieber Dan, ihr beiden müsst viel tiefer schauen. Das, was da scheinbar zwischen euch geschieht, kratzt lediglich an der Oberfläche. Ihr begegnet euch daher auch nicht wirklich. Warum das? Ihr habt beide Angst. Und weicht euch daher mit dem, was wirklich ist, aus wo ihr nur könnt. Seid so unendlich verunsichert miteinander. Ja, auch du. Auch du hast mittlerweile eine imaginäre Motorradrüstung an. So stoßt ihr euch gegenseitig mit eurem Ellenbogen- und Knieschutz nur noch ab. Enttäuscht euch gegenseitig und treibt so immer mehr voneinander weg. Stattdessen müsst ihr stehenbleiben mitten im Feuer dort, wo ihr jetzt seid, in eure eigenen Herzen schauen und euch gegenseitig in eure Herzen schauen lassen, um wieder zueinander zu finden. Denn alles, was ihr aus eurer Angst voreinander verbergt, schafft nur noch mehr Distanz. Und die Wahrheit hinter all der Angst? Ihr liebt euch heiß und innig und wollt wieder miteinander glücklich sein, nicht wahr?".

Joys Worte treffen mich unmittelbar, sogleich schießen mir die Tränen in die Augen und ich kann nur zustimmend nicken. Sie hat recht. Es stimmt. Alles. Ganz genauso, wie sie es sagt. Ja, ich habe Angst. Vor Verletzung, vor der Zurückweisung durch Marie, diesen so heiß geliebten Menschen. Aber auch Angst davor, einfach nur übelst gelinkt zu werden. Wenngleich auf durchaus charmante Art und Weise. Dabei will ich nicht verschlossen und ängstlich durch die Gegend rennen, will wieder frei und offen sein und im Vertrauen und höre mich fragen: „Okay, also wie kommen wir jetzt da wieder raus und wie können wir dieses tiefere Schauen ganz konkret umsetzen?". Joy lacht auf, hakt sich wieder bei mir unter und nach ein paar Schritten führt sie aus: „Das ist einfach und schwierig zugleich: ihr musst miteinander üben, euch immer und unter allen Umständen mikroskopisch genau die Wahrheit zu sagen. Alles, was ihr denkt, fühlt und in euren Körpern spürt. Ohne Interpretationen. Ohne Vermutungen. Einfach alles mitteilen was ist. Und nichts auslassen. Teilt euch vollständig einander mit. Ladet euch gegenseitig in eure jeweiligen Welten ein und stoßt so die Türen zu eurem Innersten wieder auf. Nur wenn ihr euch alles mitteilt was ist, kann echte Nähe und Begegnung überhaupt stattfinden." Das klingt einleuchtend und animiert mich, sogleich zur Tat zu schreiten. Sofort beginne ich mit Joy zu üben. Es fühlt sich erstmal etwas ungewohnt und sperrig an. Die größte Überraschung dabei ist, dass ich selber oft gar nicht so genau weiß, was genau eigentlich in mir vorgeht. Wie soll ich es dann einem Gegenüber präsentieren, frage ich Joy. „Ja genau," meint sie zustimmend, „das ist im Grunde oft die allergrößte Hürde, welches es zu überwinden gilt. Wenn du selber wieder genau weißt, wie es in dir drin aussieht, dann ist es oft ein leichtes, dich deinem Gegenüber mitzuteilen. Wir selber sind es, die sich dabei am allermeisten im Weg stehen. Das Gegenüber ist oft nur das Ergebnis unserer Projektion."

Also übe ich mich in akribischer Selbsterforschung und dem mikroskopisch genauen Mitteilen mit Joy. Und dann passiert ein weiteres Wunder: durch das Mitteilen öffnet sich sowohl ein Türchen nach innen wie zugleich auch nach außen und meine Motorradpanzerung bekommt deutliche Risse, durch welche die Sonne hindurchstrahlt. Das ist es! Es funktioniert! Ich jubiliere.

Zusätzlich beginne ich zu begreifen, was Joy mit „Ihr kratzt nur an euren Oberflächen herum", gemeint hat und warum ich mit Marie auf diese Weise einfach keine Nähe herstellen kann und beschließe, Marie bei nächster Gelegenheit von alledem zu erzählen, denn Nähe ist ja genau das, was auch Marie im Kontakt mir am Allermeisten vermisst. So hat sie es zumindest kürzlich gesagt.

Bei unserem nächsten Treffen hört sich Marie meinen flammenden Werbetalk zum mikroskopischen Mitteilen und seiner wundersamen Effekte aufmerksam wie interessiert an, meint dann abschließend, sie wolle gern nochmal in Ruhe darüber nachdenken und mir Bescheid geben, ob sie sich das vorstellen kann auszuprobieren.

Einige Tage später ereignet sich ein weiteres Wunder. Marie sagt nein. Sie habe über meinen Vorschlag reiflich nachgedacht und sich vorzustellen versucht, wie sich unsere Begegnung gestalten würde, wenn wir uns ab jetzt immerzu genau die Wahrheit erzählen würden. Und dass ihr das Angst mache, weil sie ahne, dass sie am Ende womöglich ein ganz anderer Mensch sein würde als bisher und sich ihr dadurch Leben komplett verändere. Ich höre ihr zu, fühle die Wahrheit ihrer Worte, nicke stumm und ahne, welch umfassende Revolution diese Art des Miteinanders für Maries und auch für mein Leben und unser Miteinander bedeuten würde. Die öffentliche Konfrontation mit ihrer Wahrheit mache ihr letztlich so viel Angst, so schließt sie ab, dass es lieber erst gar nicht erst auf einen Versuch ankommen lassen wolle. Außerdem wolle sie keine andere werden, denn sie wisse ja nicht, wer sie dann sei und ob ihr das überhaupt gefallen würde. Ich nicke zu ihren Worten und weiß in dem Moment glasklar, dass ich dieses Verbergen der inneren Wahrheiten, diese Versteckspiele, dieses donnernde Schweigen zwischen uns keine Sekunde länger mehr kann. Niemals und mit niemanden. Ich begreife in diesem einen Moment, wie sehr Unwahrheit Gift für echte Nähe, für Beziehung und vor allem für Liebe ist. Und spüre, dass genau in diesem einen Moment meine Geschichte mit Marie unwiederbringlich vorbei und das große, magische Tor zwischen uns endgültig zugefallen ist.

In der ersten Zeit danach klammere ich mich an Joy wie ein Ertrinkender an die letzte verfügbare Schiffsplanke auf hoher See. Meine Entscheidung der Trennung ist richtig und fürchterlich zugleich. Ich leide wie ein Hund und bin jeden Tag aufs Neue versucht, Marie anzurufen und zu sagen, alles sei gut so wie es ist und sie solle meinen Vorschlag einfach vergessen. Stattdessen hocke ich wochenlang mit Taschentüchern, Teetassen und verheulten Augen bei Joy auf dem Sofa. Denn trotz aller Einsicht befinde ich mich in einem erbärmlichen Zustand, bin tieftraurig und am Boden zerstört, denn meine Welt einer glücklichen Liebesbeziehung mit Marie ist in unzählige Stücke zerbrochen. Der Grund, warum ich tausende von Kilometern zurückgereist bin und alle erdenklichen Mühen auf mich genommen hatte ist zerplatzt wie eine Seifenblase am Ende ihres schillernden Daseins. Ich besitze weder Ziel noch Orientierung für mein weiteres Leben, denn mein einziges Ziel war bis dahin Marie gewesen. Und nun sitze ich da mit leeren Händen.

Behutsam halfen ihm Tom und Joy in dem nun folgenden Winter sich zu erinnern. An das, was ihm wirklich wichtig war. An seine Ziele. An seine Wünsche. An seine großen Leitsterne im Leben. Ganz langsam Stück für Stück begann Dan neue Lebensfreude zurückzugewinnen. Toms Zauberfrage *Was, wenn jetzt alles möglich wäre?* sollte auch diesmal einen wesentlichen Wendepunkt markieren. Wenn jetzt alles möglich wäre, dann würde er sofort weg aus der Stadt ziehen. Würde dorthin ziehen, wo er Ruhe, Weite und Stille in größtmöglichem Umfang erfahren kann. Würde er sich Zeit nehmen, seine große

Lebensfreude zurückzuerlangen, seine Liebe zum Leben und zur gesamten Existenz. Würde er sich einen Job suchen, der ihm Freude bereitet und seine Reisekasse aufpeppt. Denn dass die große Reise weitergehen würde, ja weitergehen musste, das stand zu diesem Zeitpunkt bereits fest. Das wie würde sich finden. Und so fuhr er mit Joy eines Tages hinaus in die Felder, dorthin, wo er einst seine geflügelten Vorbilder gefunden hatte, wo seine Transformation und seine Reise und auch das Schreiben dieser besonderen Episode seines Lebens vor rund zwei Jahren begonnen hatte. Und genau dort in der Weite der Felder traf er sie alle wieder. Vernahm deutlich ihren Ruf und erinnerte sich. Sein Herz platzte förmlich auf, floss über und das Leben strömte in voller Wucht zu ihm zurück und er wusste genau, dass er dorthin zu ihnen gehen musste. Zurück an den Ort, an dem alles begonnen hatte.

Im Weiteren ereigneten sich die Dinge, nach welchen er zu dem Zeitpunkt verlangte in Lichtgeschwindigkeit und mit heiterer, beschwingter Energie. Es schien ihm, als musste er lediglich ein wenig aus dem Weg gehen, um all die Dinge genau an ihren vorbestimmten Platz fallen zu lassen.

Toms Bruder Hagen besaß draußen bei den Feldern zwei Häuser, eines davon in bewohnbarem Zustand. Schon damals als Dan wegwollte aus Berlin, hatte er sich bei Hagen wegen potentieller Vermietung angefragt. Doch zum damaligen Zeitpunkt wurden die beiden sich nicht handelseinig und die ganze Sache verlief ohne weiteres Aufsehen im Sand. Hagens Nummer fand Dan in einem alten, abgelegten Adressbuch und rief einfach kurzerhand an. Hagen erkannte Dans Stimme sogleich und als Dan ihm seinen Plan, draußen in den Feldern leben zu wollen eröffnet hatte, lud Hagen ihn gleich für den nächsten Tag zu sich ein, um alle Weitere persönlich zu besprechen. Und so saß Dan wenige Stunden später bereits in seiner zukünftigen Wohnküche draußen in den Feldern und unterschrieb mit Hagen den Mietvertrag. Die Wohnung hatte ihm sofort gefallen: zwei Räume mit abgezogenem Dielenboden und nach hinten raus der wundervolle wie zauberhafte Blick über den Fluss. Zwei Wochen später zog er mit seinen wenigen Habseligkeiten dort ein und landete endlich wieder mitten im Leben.

Nur bis er wieder zum Schreiben kam sollten noch einige Monate ins Land gehen. Das Schreiben, die Poesie, die Hingabe an die Worte und Spielereinen mit Formulierungen, darin lag seine ganze Liebe und all das war so inniglich verbunden mit seinen Erinnerungen an Marie, dass er sogleich in Tränen ausbrach, sobald seine Finger auch nur die Tastatur berührten.

13 Toms letzter Atemzug

Mit Tom hatte Dan immer über alles sprechen können. Und alles, selbst den ganz schweren Themen, ja sogar dem Unaussprechlichen, hatte stets beflügelte Leichtigkeit wie großherzige Selbstverständlichkeit beigewohnt. Eben diejenigen Themen, bei denen die meisten, die Dan kannte, in den abgrundtiefen Ozean des Schweigens versanken oder rasch das Thema wechselten. So hatten die beiden Männer vor Jahren einmal bei Bier und Bratwurst übers Sterben geredet. Einfach so. Wie andere übers Wetter. Erzählten sich, wie und wo ihnen bislang das Gespann Tod und Sterben über den Weg gelaufen war und wie sie den Verlust von geliebten Menschen durchlebt, manchmal auch durchlitten hatten. Wie manchmal Tod und Sterben nach langer Krankheit als willkommener Erlöser dahergekommen und allen Beteiligten eine tonnenschwere Last von Schultern und Seelen genommen hatte. Ebenso, wie Tod und Sterben auch bodenlose Krater hinterließen wie etwa beim unerwarteten, plötzlichen Unfalltod eines mitten im Leben stehenden Bruders, Kollegen, Nachbarn. Oder Fassungslosigkeit und das beklemmende Gefühl der Schuld, wenn ein bekannter Mensch sein Leben von eigener Hand beendet hatte. Aber auch den stillen wie sanften Frieden, welchen ein wirklich alter Mensch verströmt, wenn er am Ende eines langen, gelebten Lebens erfüllt und dankbar für immer seine Augen schließt. Tod und Leben gehören zusammen, resümierten sie einvernehmlich und dass das eine ohne das andere nicht zu denken und zu haben sei. Zudem gäbe es da auch Nichts, was beim Eintreten des Todes wirklich zu befürchten sei. Und dann hatte Tom freimütig verkündet, er wolle sein Leben bis zum letzten Moment voll auskosten, dabei fit und agil bleiben, tagelang im Garten wühlen, wenn ihm danach war, Freundschaften und natürlich den Kontakt zu seiner Tochter Nicola pflegen, ein wenig reisen - das tägliche Mittagsschläfchen nicht zu vergessen! – und jeden Morgen und jeden Abend mit einem glücklichen Gedanken einläuten. Kurz gesagt also: jederzeit alles tun, wonach ihn verlangte ohne Rücksicht auf erdachte Grenzen wie etwa sein Alter. Zu Lebzeiten ein Pflegefall zu werden wie zum Beispiel seine Exfrau, die seit nunmehr acht Jahren das Bett hütete und rund um die Uhr von ihrem neuen Partner mit Schnabeltasse und Schmerzmitteln versorgt wurde, war ihm eine einzige Gruselvorstellung. „Dreh mir bitte rigoros den Strom ab, sollte es mal soweit mit mir kommen", hatte er Nicola eingebläut und umgehend eine entsprechende Verfügung verfasst. „Wenn ich einmal sterbe, dann will ich es entspannt und freudig kommen sehen und ganz bewusst erleben. Will noch ein letztes Mal ganz genüsslich einen tiefen Atemzug nehmen und dann feierlich mit dem allerletzten Ausatmen alles, alles loslassen, was bis dahin mein so irdisches Leben ausgemacht hat und anschließend federleicht und glücklich in eine ganz neue Dimension einzutauchen", gestand er Dan mit Tränen in den Augen und der versicherte ihm zutiefst gerührt "Ich wäre gern an deiner Seite, wenn das geschieht". Darauf hatten sie sich zugeprostet.

Nicola und Dan hatten sich nie sonderlich nahegestanden. An Toms 65igsten Geburtstag aber suchte sie ihn gezielt auf und tauschte mit ihm Telefonnummern. „Nur für den Fall, dass mal was sein sollte", hatte sie gesagt und angefügt, sie mache sich manchmal Sorgen um ihren alten Herrn, und dass der eben auch nicht jünger würde und doch nach wie vor allein lebe. Und was geschehe, wenn ihm mal etwas zustoße, hatte sie gefragt. Sie wohne ja in Süddeutschland und damit viel zu weit weg, um ein wachsames Auge auf Toms Geschicke haben zu können.

Dan verstand sofort und sicherte ihr zu, sich umgehend bei ihr zu melden, wenn was sein sollte. Schließlich wohne er direkt nebenan, sah Tom fast täglich und würde sogleich mitbekommen, wenn etwas nicht in Ordnung sei.

Doch es sollte ganz anders kommen. Als es geschah, war Dan gerade auf Kurztrip in Griechenland, um dem in Deutschland noch tief schlummernden Frühling eine Weile zu entfliehen. Nach einem langen Tag am Strand registrierte er überrascht Nicolas Anruf und ihre seltsam starre Stimme auf seiner Mailbox mit der Bitte, er möge sie doch dringend mal zurückrufen. Dans flaues Gefühl im Magen beruhigte sich rasch, als Nicola berichtete, Tom habe vor zwei Tagen einen Schwächeanfall erlitten, sei kurz ohnmächtig gewesen und sie habe daraufhin veranlasst, dass er sich von seinem Hausarzt gründlich durchchecken lässt. Der Doktor habe lachend Überarbeitung diagnostiziert, denn Tom hatte in einem Anflug von Tatendrang gleich zwei Komposthaufen umgesetzt; das würde auch bei weitaus jüngeren Menschen schonmal zu zeitweiliger Erschöpfung führen und mit ein paar Tagen Ruhe käme das locker wieder in Ordnung, hatte der Arzt den beiden versichert. Vorsorglich hatte er Tom noch ein stärkendes Herztonikum verschrieben und Vater und Tochter mit zuversichtlichem Gesichtsausdruck aus dem Behandlungszimmer geschoben. Nicole hatte sich ein paar Tage frei genommen, für Tom gekocht und darauf geachtet, dass er sich auch wirklich ausruht. Dan fragte sogleich, ob er kommen solle, bereit, den nächstbesten Flug zurück zu buchen. Doch Nicola lehnte ab und meinte, Tom sei auf dem Weg der Besserung und sie würde sich melden, sobald eine Veränderung eintrete.

Vordergründing war Dan beruhigt und tauchte wieder in das sonnige Inselleben ein. An dem Tag, als es geschah, hatte er sein Handy ausnahmsweise in der Wohnung gelassen und war den ganzen Tag unterwegs gewesen. Nicolas Anruf entdeckte er daher erst am Abend. Tom war tot. War mittags einfach so umgefallen mit dem Stuhl, auf welchem er zuletzt gesessen hatte. Sie hätten noch zusammen gegessen und er habe gesagt, er sei etwas müde und wolle sich kurz aufs Ohr hauen. Sie sei nur kurz in der Küche gewesen um Teller, Brot und Käse zurück zu stellen, als sie schon den dumpfen Aufprall vernahm und sogleich zurück auf dem Balkon war. Er lag auf den Fliesen, das Gesicht dem Himmel zugewandt, die Augen weit aufgerissen und den Mund offenstehend wie im völligen Erstaunen. Sie habe sich zu ihm herabgebeugt, noch seinen Namen gerufen und sogleich bemerkt, dass kein Atem mehr ging und Toms Herz aufgehört hatte zu schlagen. Tom war tot. Und alles hatte sie haargenau so ereignet, wie er es sich selber ausgemalt hatte.

Die ersten Tage und Wochen nach Toms Tod bin ich wie gelähmt und furchtbar traurig, denn ich vermisse den alten Mann schon jetzt. Zugleich fühle die Erleichterung und die große Freude der lichten Dimension, in welche Tom nun eingetaucht ist und beginne zu begreifen, dass ich nicht nur wegen Marie und dem Großen Lieben, sondern auch wegen Tom und seinem letzten Atemzug von meiner Reise zurückkehren musste. Ich musste zurückkommen und all das genauso erleben, wie es sich ereignet hat. Musste den Breakdown mit Marie hier erleben, um zu erkennen, dass das Große Lieben so viel mehr ist als eine kleine, begrenzte Beziehungsversion. Und unsere Geschichte nicht an der räumlichen Entfernung zwischen uns scheiterte, sondern an am tiefen Graben zwischen unseren Herzen. Und dass Angst und Verschweigen die stärksten Antagonisten des *Großen Liebens* sind. Ganz egal wie nah man beieinander hockt. Und ja, ich bin auch zurückgekommen, um von meinem Gefährten Tom Abschied zu nehmen. Ich musste diese Schleife drehen, um wieder ganz zurück auf Start zu laden. Und diesmal werde ich wirklich alles einpacken, was wichtig ist. Reisen, Schreiben, alles lieben – diese drei liegen bereits bereit, wartend, dass die große Reise endlich weitergeht.

Mein Blick geht zur Wand gegenüber, wo seit kurzem wieder die riesengroße Weltkarte prangt. Meine Augen fliegen mit Staunen und Sehnsucht über die Meere und Kontinente und die noch unbekannten Wunder dieses Planeten. Daneben hängt die To-Do-Liste mit all dem Dinge, welche ich noch tun und erleben will bevor ich in knapp drei Monaten erneut aufbreche. Oben rechts klebt jetzt übrigens auch das bestandene Segelzertifikat, welches ich damals wegen Marie verpatzt hatte.

Tom hat Nicola seinen alten Bahnhof vermacht. Und auch das andere halb verfallene Haus kurz vor der polnischen Grenze. Mir dagegen vererbte er sein gesamtes Geld mit dem Hinweis „Damit das Reisen und Schreiben endlich weitergeht. Und vergiss diesmal bloß das *Große Lieben* nicht. Wenn du was brauchst, frag Joy". Ich lachte und weinte zugleich, als ich seine handgeschriebene Notiz las, welche Nicola mir bei der Beerdigung in die Hand drückte. Ach Tom, ich liebe ihn, ganz gleich ob er lebt oder tot ist und ich weiß, dass seine Eigensinnigkeit, seine Klugheit und seine Liebe ewig in mir fortleben werden. Ganz gleich was auch geschieht.

Marie begegnete ich noch einziges Mal. Und das mehr aus Zufall. Ich war beruflich in der Gegend unterwegs, in welcher sie wohnt. Schon tags zuvor hatte ich beim Sichten meines Kalenders daran gedacht, ihr bei meinen Außenterminen womöglich über den Weg zu laufen und dabei Neugier und Furcht zugleich gespürt. Wenige Stunden später schon sah ich sie. An der Ampel im Auto direkt vor mir. Martin war am Steuer, die beiden Kinder hinten auf der Rückbank. Marie trug eine überdimensionale Sonnenbrille und ihr Haar war zu einer komplizierten Hochsteckfrisur gestaltet. Mir stockte fast der Atem als ich sie entdeckte und musste zweimal hinsehen, um mir ganz sicher zu sein, dass sie es wirklich war. Martin redete die ganz Zeit mit großen Gesten und lehnte lässig einen Ellenbogen aus dem Fenster. Aus reiner Neugier fuhr ich eine Weile hinter ihnen her, sah sie in die Straße einbiegen, in welcher ich so manche Nächte als Stalker verbracht hatte und schließlich vor ihrem Haus haltend. Die Kinder waren geradewegs ins Haus gelaufen und Martin hatte die Einkaufstaschen hineingetragen, während Marie das Gartentor schloss. Ihr Blick war gesenkt, so sah sie weder mich noch sonst irgendetwas anders. Sie sah grau aus und ich konnte ihre Trauer und auch ihre Einsamkeit fühlen. Und wie weit weg sie war von der Lebendigkeit, welche sie versprüht hatte damals vor zwei Jahren als wir uns kennengelernt hatten. Bei unserem Abschied hatte sie noch gemeint, sie würde sich freuen, wenn wir uns vielleicht unter besseren Umständen einmal wiederbegegnen könnten. Ja, vielleicht konnte und sollte dies eines Tages wirklich geschehen. Doch dass es dieser Tag eindeutig nicht war, war überdeutlich für mich. So legte ich den Gang ein, gab Gas und fuhr unbemerkt zurück ins Büro mit der Gewissheit, dass Reisen, Schreiben und alles lieben alles ist, was ich gegenwärtig will. Kein Haus, keinen Ehering, keinen Bausparvertrag. Dan ist nicht hier für das kleine Glück, hatte Joy gleich zu Beginn unserer Begegnung gesagt. Damals hatte ich sie nur irritiert und verständnislos angeschaut. Erst heute beginne ich zu begreifen, was sie damit wirklich gemeint und ohne Umschweife in mir erkannt hatte.

Mit Toms Beerdigung schließe ich auch das allerletzte Kapitel dieser ganzen verrückten Odyssee und mache mich bereit, ganz neu zu starten. Ich schließe kurz die Augen und atme mit einem großen Seufzer aus. Dann fühle ich ein riesengroßes Lächeln mein Gesicht erhellen und wende meinen Blick hinüber zum Fenster über den Fluss, über welchen Wildgänse und Kraniche trompetend fliegen und spüre das große Glück, mit dem magischen Kreislauf des ewigen Werdens und Vergehens unauflöslich und für immer verbunden zu sein.

Epilog

*Als ich mich an diesem Morgen erhob und auf das freie Feld
schaute, hatten sie sich längst schon alle versammelt,
den Blick feierlich wie im Gebet dem klaren, offenen Himmel
zugewandt.
Die Veränderung, welche in der Nacht über uns gekommen,
spürten wir bis in die Knochen.
Vor allem aber ich.
Ich erinnere noch, wie mir ein Schauer durch alle Glieder fuhr,
als ich mit eiligen Schritten zu ihnen trat ins Licht. Unsere Herzen
und all unser Sinnen waren nur noch in die eine Richtung
gewandt.
Bar jeden Zweifels.
Bar aller Furcht.
So standen wir, stolz, aufrecht und hellwach in der Gewissheit,
dass bald, schon bald die Zeit war aufzubrechen.
Wir sprachen nicht.
Wir schauten uns bloß stumm an und nickten einander in tiefem
Einverständnis zu.
Ich muss gestehen, ich hatte es nicht kommen sehen.
Nicht so.
Und nicht so rasch und…genau genommen hatte ich es vor allem
gar nicht für mich persönlich in Erwägung gezogen.
Für die anderen vielleicht.
Doch nicht aber für mich.
Hatte keinen einzigen Gedanken in diese eine Richtung
verschwendet, welche sich mir nun vor die Füße legte und klar
und unmissverständlich den Weg wies, welchen ich zweifelsohne
gehen würde. Gehen musste.
Die vergangenen Zeiten waren randvoll gewesen mit der Suche
nach Nahrung und sicheren Plätzen für die Nacht.*

Nun aber würden wir umkehren - nicht allein, weil wir dies wollten, sondern vielmehr, weil wir mussten.

Was wirklich geschehen war in dieser Nacht, das wusste niemand. Noch nicht einmal Alten, welche sonst alle Antworten und Geschichten kannten.

Und selbst heute, während ich auf diesen erschütternden Wendepunkt zurückblicke, kann ich die Ereignisse nicht ansatzsatzweise vollständig erklären.

Ich spürte lediglich, dass mit einem Schlag alle Schwere und alle Sorge vergangen waren und mein Herz sich wieder anhob zu fliegen. Und auch die Seele mit ihren leuchtenden Farben und zauberhaften Gesängen war zurückgekehrt aus ihrem langen Schlaf. Sie umschwirrte mich fröhlich, umspielte mich, lud mich ein zu tanzen, strich mir mit leichter Hand zärtlich über die Wange und lachte leise vor lauter Freude.

Ja, auch sie hatte ich schmerzlich vermisst.

Doch selbst dies war untergegangen in aller Geschäftigkeit.

War sie damals mitgekommen?

Hatten wir sie etwa zurückgelassen auf dem Feld?

Ich erinnere nur noch, dass ich sie mit ihrer filigranen Gestalt irgendwann aus großer Höhe nicht mehr klar erkennen konnte. Und dann war sie gänzlich aus meinem Blickfeld verschwunden, während wir ausschließlich nach vorn schauten, um nicht unterzugehen.

„Wo kommst du nur her?", wollte ich nun fragen, doch sie verschloss mir rasch die Lippen mit einem Kuss und flüsterte mir zu: „Frag nicht. Das alles ist jetzt nicht wichtig. Nur eines sollst du wissen: es ist höchste Zeit. Zeit nach Hause zu kommen. Und zu bleiben und nie mehr fortzugehen".

Dann griff sie sanft in mein Herz und legte die Feder hinein, welche sie im Tempel der hohen Berge für mich aufgelesen hatte. Unmittelbar fühlte ich Liebe.

Fühlte Glück.

Fühlte die unbändige Freude aus dem nie versiegenden Quell zurückkehren.

Tränen rannen mir über das Gesicht, ich zitterte am ganzen Leib und spürte ein großes Beben, was sich anhob aus dem Innersten und erkannte, dass dies mein eigenes, wildpochendes Herz war, welches sich danach sehnte zurückzukehren zu allem, was ich liebte.

Als ich nach einer kleinen Ewigkeit zu den anderen aufschloss, war alles vorbereitet.

In wenigen Stunden schon würden wir aufsteigen und diesmal sollte ich sie anführen und ihnen den Weg weisen über alle Meere und Berge hinweg.

Ich spürte keine Furcht mehr, keine Angst vor dieser letzten Prüfung, denn Ruf und Richtung hatten sich mir unauslöschlich eingebrannt.

Und als es schließlich soweit war und ich spürte, dass alle Augen erwartungsvoll auf mich gerichtet waren, fiel auch die letzte Schicht des Zweifels ob meines Seins und Wirkens endgültig von mir ab. Aufrecht stand ich da, den Blick zum Horizont, breitete meine Schwingen aus, welche stärker waren als je zuvor und mich nun sicher tragen würden in jedes neue Wunder. Soviel war gewiss.

Als ich aufstieg, vernahm ich das Rauschen hunderter anderer Flügelschläge hinter mir und hörte meine eigene Stimme, die erklang und den ewigen Gesang anstimmte, welcher uns zurückbringen würde.

Zurück nach Hause.

Zurück auf Start.